大方
sight

帝王之沙
三部曲

Mia Couto
O Bebedor de Horizontes

饮下地平线的人

AS AREIAS DO IMPERADOR
TRILOGIA

［莫桑比克］米亚·科托——著　卢正琦——译　闵雪飞——校译

中信出版集团｜北京

图书在版编目（CIP）数据

饮下地平线的人 /（莫桑）米亚·科托著；卢正琦
译 . -- 北京：中信出版社，2023.10
ISBN 978-7-5217-5866-5

I. ①饮… II. ①米… ②卢… III. ①长篇小说－莫
桑比克－现代 IV. ① I471.45

中国国家版本馆 CIP 数据核字（2023）第 123898 号

Copyright © 2018 by Mia Couto
By arrangement with Literarische Agentur Mertin Inh. Nicole Witt e. K., Frankfurt am Main, Germany
Simplified Chinese translation copyright © 2023 by CITIC Press Corporation
ALL RIGHTS RESERVED
本书仅限中国大陆地区发行销售

饮下地平线的人
著者： 　 ［莫桑比克］米亚·科托
译者： 　 卢正琦
出版发行：中信出版集团股份有限公司
　　　　　（北京市朝阳区东三环北路 27 号嘉铭中心　邮编　100020）
承印者： 　河北鹏润印刷有限公司

开本：880mm×1230mm 1/32　　　印张：6.75　　字数：180 千字
版次：2023 年 10 月第 1 版　　　印次：2023 年 10 月第 1 次印刷
京权图字：01-2020-0537　　　　书号：ISBN 978-7-5217-5866-5
　　　　　　　　　　　　定价：52.00 元

版权所有·侵权必究
如有印刷、装订问题，本公司负责调换。
服务热线：400-600-8099
投稿邮箱：author@citicpub.com

前情提要

20 世纪末，葡萄牙面临一统莫桑比克南部的加扎王国发起的抵抗。葡萄牙已接到英国的最后通牒，与加扎国王恩昆昆哈内的武装冲突不容再避。形势无可转圜：葡萄牙要么证明能有效统治非洲领土，要么将土地拱手送给其他殖民政权。

1895 年 12 月，莫西尼奥·德·阿尔布开克上尉率领一小队葡萄牙人攻进沙伊米特皇家属地，俘虏了恩昆昆哈内。同样被俘的还有其子戈迪多、谋臣穆伦戈王叔和厨师恩戈。葡萄牙人允许国王在三百多名妻子中带上七位做伴。另一边的林波波河畔，葡萄牙人还掳走了姆弗莫人首领恩瓦马蒂比亚内·齐沙沙，送去与加扎俘虏一起放逐。齐沙沙此行由众多妻子中的三位相伴。

与俘虏同行的是黑人姑娘伊玛尼·恩桑贝。她曾在天主教使团读书，如今为葡萄牙当局做翻译。伊玛尼怀着葡萄牙中士热尔马诺·德·梅洛的孩子。加扎王国末年的悲惨往事，就由这位翻译讲述。

在三部曲这最后一部中，众俘虏在奇玛卡泽码头登船，发往兰格内哨所。他们将在那里短暂停留，然后前往林波波河河口。航行从那里开启，将这群非洲人送往遥远、永恒的流亡。

第三部
饮下地平线的人

我？——我饮下地平线……

（塞西莉亚·梅雷莱斯[1]《绝对之海》）

恐惧时我们选择

由妖魔庇护

（摘自阿尔瓦罗·安德烈亚书信）

1　Cecília Meireles，1901—1964，巴西重要的现代主义诗人。引文摘自诗集《绝对之海》中的《夜曲》。（本书脚注如无说明均为译者注。）

目录

1_ 第一章　召唤河流的女人

7_ 第二章　仓促写下的便条

9_ 第三章　泥与雪

15_ 第四章　中士的第一封信

19_ 第五章　燕子和鳄鱼

25_ 第六章　中士的第二封信

28_ 第七章　手与母

33_ 第八章　先有船才有海

41_ 第九章　文盲国王的字

46_ 第十章　照亮过去的白手绢

57_ 第十一章　热尔马诺·德·梅洛给比安卡·万齐尼的信

61_ 第十二章　露水中的脚印

67_ 第十三章　阿尔瓦罗·安德烈亚给伊玛尼的信

72_ 第十四章　游行与疯癫

81_ 第十五章　顺从的悖逆

89_ 第十六章　既非鬃毛也非王冠

97_ 第十七章　巴尔托洛梅乌与通向天空的海路

105 _ 第十八章　不由自主的自杀

112 _ 第十九章　患上遗忘的亡者

118 _ 第二十章　一滴泪有多重?

125 _ 第二十一章　登陆前夕

132 _ 第二十二章　里斯本的光

141 _ 第二十三章　地底下的房间

150 _ 第二十四章　残破的身体

158 _ 第二十五章　降生者

163 _ 第二十六章　放逐与漂泊之间

167 _ 第二十七章　饮下地平线的人

171 _ 第二十八章　最后的语言

177 _ 第二十九章　齐沙沙的新名字

182 _ 第三十章　词语的影子

193 _ 附录

第一章
召唤河流的女人

只有盲人逃出了大火，因为唯有他没看见恐惧。

（齐沙沙）

"问问那个白人，要不要我召唤这条河。"

这是达邦狄王妃的原话。我不敢翻译给莫西尼奥·德·阿尔布开克上尉。他正忙着号令林波波河河滩上泡在水里的手下，不会听这么奇怪的问话。我们坐的船在沙滩上搁浅，几个小时以来葡萄牙士兵都在试图脱困。其中最大胆的几个在舷侧推船，几乎没进水中。那场景极为罕见：白人在烈日下筋疲力尽，而黑人坐在宜人的凉荫里旁观。莫西尼奥命士兵返回甲板：那片水域有鳄鱼栖居。

莫西尼奥所不安的并非耽搁。我们从奇玛卡泽出发后一路疾行，不曾停留。他担心的是附近丛林里潜伏的危险，里面不见活物，却传来声响，还有黑影鬼鬼祟祟地移动。也许马上会有一场伏击，解救他船上的俘虏。

达邦狄王妃就是其中一名俘虏。对于这场耽搁，她比上尉还要紧张。她突然举起双臂，让所有人安静。一阵战栗席卷全体船员：一群像是从地里长出来似的男女老少在岸边现身。莫西尼奥命令士兵武装戒备。一阵冷寂袭来，河流也沉默了。

"我能去召唤河水吗？"达邦狄王妃又问。然后她问我："你有没有告诉那白人，我懂河流的语言？"

只要她一句话，林波波河就会像温驯的小狗，到她掌中乞食。莫西尼奥咬牙低吼："叫这女人闭嘴！"局势一触即发。达邦狄王妃忽然跳下船，走向岸边不停涌出的沉默人群。

所有目光都聚集在王妃身上，看她穿过平静的河水。达邦狄的双脚既没碰到水面，也不接触土地。实际上她并非在行走，她在演绎一支舞蹈。臀部的摇摆令踝上的铜环叮当作响。

到了岸边，王妃和向她围拥而来的人群热烈交谈起来。我们什么也听不见，只知道她一直指着我们。突然，那群人发了狂地冲向船边。葡萄牙人吓住了，还在把枪往肩上扛。但已经来不及了。几百个男男女女已越过河滩冲上来，用肩膀、腿、胳膊撞上船体。船身剧烈晃动，船员大喊大叫，马也胡踢乱蹬。

船很快重新浮起。确认了双方和睦、用意一致，黑人与白人都欢呼起来。人们帮达邦狄回到甲板上。王妃气喘吁吁，但十分愉悦。我问她为什么要帮助囚禁她的人。

"有人在这一程的终点等我。"她说。

CR

两天前发生了件意想不到的事：在沙伊米特，莫西尼奥上尉抓了恩昆昆哈内国王，把他绑到了奇玛卡泽码头。与被囚的国王一道的还有他选来做伴的七位王妃。那次挑选是他最后一次行使王权。随行的还有我，伊玛尼·恩桑贝，葡萄牙人选来的译员。最后，在奇玛卡泽，姆弗莫人首领恩瓦马蒂比亚内·齐沙沙也加入了俘虏之列。与这位乱党同行的是他的三个妻子。

从沙伊米特到奇玛卡泽，同样的惊奇一再出现：加扎王国的子民不可置信地看着国王恩昆昆哈内[1] 含泪被拖曳前行。葡萄牙士兵人数之寡，令围观奇特游行的人群更加不解。

葡萄牙人展示的不只是个被擒的国王。在那儿光着脚游街，被征服、遭羞辱的，是整个非洲。葡萄牙需要那场展出，挫伤非洲人再起叛乱的勇气。但他们更需震慑那些争相瓜分非洲的欧洲国家。

ॐ

莫西尼奥上尉骄傲地看向路边聚集的人群，有些出神。人群一如既往地爆发出欢庆的呼喊。

"拜耶特！[2]"他们齐声高呼。

上尉让我翻译人们喊的话。我低声告诉他，他们在为他这个白人上尉喝彩。他得意地笑了。他们赞颂他时的热情，莫西尼奥说，连他最忠诚的同胞都比不上。他未曾想到，像对待解放者一样为他欢呼的非洲人比葡萄牙人还多。他骄傲地向我承认了这点。他还说：

"黑人在这儿为我塑像，说不定会比我的同胞在里斯本还快。"

ॐ

再次启程后，达邦狄王妃就一直在我身边。去奇玛卡泽的路上，是她为我洗去了被士兵砍去脑袋的鹭的血。"你怀孕了，"她为我清洗时说，"不能再让任何血碰到你了。"

此时，王妃凝望天空，从云上看出乱势。她晃晃我的胳膊，提醒我一

---

1 人名，恩昆昆哈内，或其葡萄牙语写法贡古尼亚内，均指加扎国王。书中据说话人出身（非洲人或葡萄牙人）选用。——原注
2 意为"万岁"。

场风暴正在逼近。我们一起去找船长，一位穿浅蓝色制服的军官，叫阿尔瓦罗·苏亚雷斯·德·安德烈亚。那高大魁梧的男人盯着我，目光意味不明。他是个航海家，却有着海上遇难者般的目光。

但我们没能与船长说上话，因为恩昆昆哈内之子戈迪多走过来，命令王妃回到国王身边属于她的地方。达邦狄假作未闻。戈迪多更强硬地坚持道："回你丈夫身边去，王妃！"

"王妃？"达邦狄反驳，"我用婆婆的锅做饭，算什么王妃？"她的手指点在戈迪多的胸膛上："别再这么叫我了。我是个寡妇。那才是我。"

戈迪多王子回到俘房中，不知道怎么解释此行无功而返。

"你怎么了？"我问达邦狄，"为什么违抗恩科西[1]？"

"我不是王妃。我是个尼雅穆索罗[2]，听亡者说话，与河流交谈。"

船减速了。我们即将抵达兰格内哨所，林波波河入海前的最后一个葡萄牙军事据点。莫西尼奥·德·阿尔布开克向等在岸边的海员致意。等船靠了岸，我就向莫西尼奥转达了达邦狄的担忧：一场暴风雨从林波波河河口生出。不是天上形成的那种风，我解释道。是一场人为招致的风暴。

"上帝啊，这群人愚昧到家了。"那军官如此点评，以手扶额，"黑人中女人比男人还差劲。"

他不知道这话对我有多冒犯。我表达自如的葡萄牙语，让莫西尼奥不再看到我的种族。我保持沉默，闭口不说那侮辱我的人的语言。

❧

我们终于在兰格内哨所上岸。航行将短暂中止，装载武器和伤员。非洲俘房被带到一处凉荫。他们分到几块饼干和一杯葡萄酒，待在那里，精

1　对国王的称呼。

2　意为巫师。

疲力竭。达邦狄又离开人群，坐到我旁边。她在杯底留了些酒，倒了几滴在滚烫的沙地上，平息世界诞生以来的逝者的干渴。

"知道我怎么学会与河流交谈的吗？"她问。

是在十几岁的时候，她说。在她被选为国王的妻子之前。那时，她每天早上都会观察一只蜘蛛在她家院子里的一个洞穴进进出出。蜘蛛把腿上的露水运到地底，像上下颠倒的矿工一般工作：取自天上，堆在地下。那劳作持续了很久，洞穴深处甚至逐渐形成宽阔的地下湖。

王妃想在这湿润的矿上助蜘蛛一臂之力。一个没有露水的清晨，她取了杯水倒进洞口。但蜘蛛拒绝了她的好意，笑道："我做的这些并非劳作，只是交谈。"还说："我明白你有多痛苦，只有极致的孤独才能让人注意到我这样微小的生物。"为表感激，蜘蛛教会了她水的语言。

"现在我与河流交谈，无论大河还是小溪，"达邦狄最后说，"我会用只有我知道的名字称呼每条河流。"

我们被穆扎木西打断，她是此行最年长的女眷。她毫不客气地抓住达邦狄的手腕，拽着她回到俘房中间。然后，她高声宣布恩昆昆哈内要我觐见。我立刻前去。

在国王面前，我遵照规矩跪下击掌。国王要知道我和达邦狄说的话。我没来得及回答。"我听不见。"国王说。我提高音量。他摇头：问题不在于我的声音。他听不见，是因为我穿了鞋。"你的鞋说话太吵，"恩昆昆哈内说，"从现在起，你只能光着脚靠近我。"

我本该知道：国王踩过的地面变得神圣不容侵犯。我的鞋触犯了这则崇高的规约。众王妃听了他的话，放声大笑。她们的笑声令我的鞋不复存在。

❧

分歧不止在我们非洲人之间出现。那群葡萄牙军官没有一天不在互相指责。所有人，无论欧洲人还是非洲人，都找我抱怨。我不知道他们为什么信任我。我不只是翻译，还是桥梁。也许我是达邦狄家院子里的蜘蛛，用腿上运载的语词，织成联结不同种族的网。

散步时，莫西尼奥已会熟稔地与我搭讪。此时，他坐在我身旁，一动不动，目光片刻不离阿尔瓦罗·安德烈亚。

"那家伙怨恨我，"莫西尼奥断言，"我可以告诉你，没有哪个黑人像他那么不尊重我。"

上尉把帽子放在膝盖上的动作很慢，表明他打算聊聊天。

"我知道你是什么人，"他开口，"你也知道我们想从你那儿得到什么。翻译只会是一部分明面上的工作。"

他停了一会儿，摸摸胡子。"加扎王朝统治得太久了，"他说。"知道为什么吗？"他问。他兀自答道："这个贡古尼亚内知道我们的一切，而我们对他一无所知。"

那群缚着手坐在一边的黑人，不仅仅是俘虏。莫西尼奥这样说。他们是珍贵秘密的主人，而我将把那些秘密交给葡萄牙军队。这是我出现在那段旅途中的真正目的。我小心地清清嗓子：

"我明白，上尉。"

莫西尼奥卷了根烟，没点火，叼在嘴上。我侧目看他。他是个好看的男人，难怪比安卡为他倾心。

"那么，您允许的话，"我小声请求，"我就回我的族人那边了……"

"我希望，"莫西尼奥说，"你留在白人这边。他们之中寓居着最大的背叛。"

第二章
仓促写下的便条

……葡萄牙人在莫桑比克南部国王领地的活动，总结如下：每年十月与十一月，他们奔赴各村，挨家挨户上门收税，用河马皮做的鞭子挨个抽打不敬的黑人，把收缴的成果交到安瓜内营地，拿到自己的抽成，然后回去，再睡上十一个月。

（节选自爱德华多·德·诺罗尼亚《洛伦索·马贵斯原住民叛乱，1894》，引自勒内·佩利西埃）

沙伊米特，1895 年 12 月 28 日

我亲爱的伊玛尼：

别把这当作信。这只是张匆忙中胡写的便条。很快我就要被送去伊尼扬巴内了。我最大的心愿就是告诉你一个好消息：我自由了！我身上已经不再压着杀死圣地亚哥·达·马塔的嫌疑。为了让你脱罪，我曾供认罪责在我。说我开枪更为可信。

我的牺牲没造成什么更大的损失，因为此事很快有了另一种说法，说他死于自戕。我还以为是共和派同僚要救我。但并非如此。为自杀一说辩护的是那位莫西尼奥·德·阿尔布开克。谁会质疑大英雄的话呢？我转而

向死敌欠下人情。

莫西尼奥，莫西尼奥，莫西尼奥！什么时候我才能不这么被莫西尼奥左右？我常恼恨自己这股怨气：仇视他人的成就太容易了。但更多时候，我对莫西尼奥最近的亢奋心存顾虑。一个那样为死亡着迷的人，怎么会如此沉醉于不朽？

重要的是，亲爱的伊玛尼，几小时后我就在伊尼扬巴内军医院了。我会利用残疾的手从兵役中脱身。我有希望，或者说有把握，会被送回葡萄牙。我渴望的不是回去。我真正想要的是与你重逢。如果一切顺利，我们还能在洛伦索·马贵斯见一面。

我把这张便条交给阿尔瓦罗·安德烈亚，就是你将要在奇玛卡泽登上的那艘军舰的舰长。他是老朋友了，也认同共和派的理想。还是这个办法，晚些时候我会给你寄一封真正的信，一封像模像样但暗藏私心的信。

你的

热尔马诺

第三章
泥与雪

[……]
你们，订立规则、命名海角的人！
你们，最早和黑人交易的人！
最早把新的土地上的奴隶贩卖！
最先用欧洲的震颤让黑女人惊呆！
把绿色植被间喷薄的金子、珠串、香木、箭矢
从群山之中带走！
你们，摧毁了非洲安宁的村落的人，
你们用枪炮声令那些族群溃逃，
你们杀戮、掠夺、折磨、赢得了
属于垂头冲击诸新海奥秘者的
新奇之物的奖赏！
[……]

（节选自费尔南多·佩索阿《海洋颂》）

不要抱怨已抵达之处，这是我所受的教导。莫西尼奥并不遵循这个原则。我们到了之后，他只做一件事，就是咒骂兰格内哨所。

"我要让人烧了这破地方！"他咬牙切齿。"这不是营地，就是个避难

所。这帮人是有多怕死，做什么都不打仗。"

他破口大骂所谓的"政客团伙"。他警告要小心"阴谋家"的诡计。他使用这些词时的憎恶，和恩昆昆哈内叫敌人"娘们"时一模一样。

"伊玛尼……你叫这个，对吧？我这个问题可能让你觉得奇怪，但我必须问你：你觉得你属于某个国家、某个民族吗？"

他自顾自地说着。他替我做了回答，笃定我没有这种归属感。不管看上去怎样，我都还是个原住民，忠于家族，忠于民族。他提起降于孪生子的诅咒。面对孪生子中的一个，我们会以为自己认出了另一个，最后哪个都认不出来。他眼中的我与别的非洲人正是如此，全是孪生子。下回交谈，我还得提醒他我的名字。

ᘿ

莫西尼奥·阿尔布开克对兰格内哨所的嫌恶有他的道理。两星期前，进攻恩昆昆哈内王宫的路上，他曾在那儿停留。他原本打算争取卡佩罗号在役海员的助力。他在圣诞节那天到达，半是惊异半是怜悯地发现战舰指挥官阿尔瓦罗·安德烈亚已经把兵营变成了办基督教庆典的地方。锌板被用作桌面，木桩成了座位，空弹匣和弹药带装点着院子正中的一棵树。

那番圣诞奇景在骑兵上尉眼里可悲可叹。那场面没展现一丁点基督徒的虔诚，反而暴露出可怕的软弱。一旦军官开始做戏，士兵很快就会希求更大的谎言。要完成圣诞的假象，他们缺少寒冷、雪花和故土的芬芳。相反，多的是蚊子、高热和泥沼的恶臭。这些干瘪人影的制服重于身体，所以他们本身也是多余的。其间，有一个到莫西尼奥脚边跪下。是个年轻士兵，形容痴傻，吃力地含混道：

"上尉，这营地真漂亮，简直像是我那教堂的庭院。那底下流着特茹河。请您允许我在河里洗澡，那是来自我童年的河水。"

莫西尼奥漫不经心地看他一眼，想知道他多大了。十八岁，年轻人回答，又摇摇头。但他拿不准。他可以找父母确认，据他说，他们住在里巴特茹的一个村子里，离兰格内哨所很近。"我可以叫他们来，如果上尉您需要的话。"年轻士兵说。莫西尼奥的反应好像那小伙没说过话。他叫来阿尔瓦罗·安德烈亚，要过他的剑，贴着那茫然无措的士兵双手将剑扎进地面。利刃深入，地面好像不存在一样。

"你看这臭烘烘的烂泥像雪吗？"莫西尼奥问道。

"是雪，没错，黑色的雪。过去是白的，但从非洲回来就这样了。"

士兵把手没入地表，手指被烂泥吞没。那一刻，莫西尼奥·德·阿尔布开克觉得年轻军人在办自己的葬礼。

"别担心你的剑，"莫西尼奥对阿尔瓦罗·安德烈亚说，"我让人清理干净，米兰达中尉会送到你船上。"

营地周边满是黑人帮工，还有他们的篝火、他们的歌声、他们的舞蹈。莫西尼奥还想过叫他们安静，最终没这么做。在他脚边，伤员躺在卡布拉娜做的担架上。看生命在如此华丽多彩的布料上流逝是件奇事。歌声掩盖了士兵微弱的呻吟和祷告。黑人的声音做到了盛装的树没能实现的事：从在地狱中庆祝圣诞的荒唐中解救他。

莫西尼奥让阿尔瓦罗·安德烈亚去他的人那儿，为他们祝福。只有两瓶陈年醇酒，不过对简短的祝酒来说已足够。阿尔瓦罗·安德烈亚举起酒杯，但不知道说什么。那些人用孩童般的贪婪盯着他，让他备受折磨。

莫西尼奥命士兵离开，坐在军械箱上冲安德烈亚船长说：

"我坐着的就是弹药箱，手下却没有能打出这些子弹的人。给我挑二十来个人，要最健壮、最勇猛的。"

安德烈亚船长望向天空，搜寻更能安抚他的话：

"请容我放肆，我认为你这样行动……"

他没能说完。莫西尼奥的回应迅速而生硬：

"我向你要的是士兵，不是建议……"

争执激烈起来，士兵们被两人不加控制的连串诅咒与辱骂惊呆。最后是阿尔瓦罗·安德烈亚下的结论：

"想死的话，你自己去。但我的人你一个也别想带走。"

"我早就知道，"莫西尼奥反击，"你就是怕打仗才拥护和平。你窝在这儿，因为这是你逃避的办法。事实上，你只是需要这些士兵来守卫你的怯懦。"

"你要知道，莫西尼奥上尉，"阿尔瓦罗·安德烈亚争辩道，"国家将让你为这次冒险远征贡古尼亚内负责。你不管不顾、无凭无靠，所以我才一再说，我的人你一个也别指望。"

卡佩罗号军舰所有船员都沉默地为船长理智的姿态鼓起了掌。安德烈亚把他们从注定的死亡中救出。他们用余下的酒感谢明智的领导者。黑人收起桌上散落的酒杯，把剩下的几滴酒倒在沙地上。

"你想纪念那降生的神？"莫西尼奥问安德烈亚，"那就让人杀几只羊，把肉分给这些本地帮工……"

CR

那些事就发生在几天前，就在此地。讲到最后，莫西尼奥又一次埋下头，帽子的阴影模糊了他的话。

"你现在明白我为什么不相信那个安德烈亚了？"莫西尼奥问我。他挪了挪位置，好像坐得近些，就更方便我们合谋。阿尔瓦罗·安德烈亚，莫西尼奥开口道，曾断定他会在沙伊米特丧命。但他就在那儿，活着，还获胜了。莫西尼奥是根刺，扎在阿尔瓦罗·安德烈亚的傲气里。葡萄牙所有殖民战争中最珍贵的战利品，怎么能交到那个叛徒手上？

去河边洗盘子的士兵从我们身旁走过。莫西尼奥摇头叹道：

"这些人没几天前还赞颂他们船长的明智，现在全在骂他。"

过去曾是明智的事，现在成了懦弱。因为安德烈亚的错，那些年轻人被排除在英雄殿堂之外。

一名白人士兵朝我们走来，看上去傻里傻气。上尉介绍来人：

"这就是那个人在非洲却从没离开他里巴特茹村庄的葡萄牙士兵。就是他在地狱当中看到了雪。"

年轻士兵安静地站着，浑身透着滑稽。

"步兵团第三中队222号报告。"

我突然看不到他了。那葡萄牙年轻人在我面前，但我的弟弟穆瓦纳图出现，取而代之。同样属于士兵的滑稽，同样乱七八糟的军装。还同样远离现实：穆瓦纳图·恩桑贝相信自己天生是白人，而那个葡萄牙人把热带滚烫的沙子当成了雪。我有了拥抱那个士兵的欲望，克制住了。他面对我，疏远又好奇：

"你是那个说葡萄牙语的黑人吗？你真的比大多数白人说得都好？"

我答以微笑。我等他回应，但那年轻人敬了个礼，为着莫名的迫切离开了。莫西尼奥注视远去的222号士兵，点评道：

"这是个愚蠢的天使，头摔在地上过。但他仍是个天使，他们唯一的用处是提醒我们正活在地狱之中。"

∾

士兵就像猎人：他们的故事和现实没什么关系。没人在乎这个。事实上，只有亡者才真正知道什么是现实。

若昂·达·普里菲卡桑，那个最年轻的葡萄牙士兵，已经忘记了首要的事实：他自己的名字。一年以来他只是个编号：222号。他怨过吗？恰恰相反。对他而言，没有比这更高贵的名字了。与其他士兵不同，之前的若昂·达·普里菲卡桑没什么荣誉可夸耀，除了一些只存在于他脑海中的旅行。可以说旅行向来如此：发生在我们脑海之中。不过现实是另一回事：222 号早就疯了。在非洲最荒芜的景象中，他看到了葡萄牙的小村庄。在每个黑人身上，他都认出村子里的一个同乡。没有一条莫桑比克河流不叫特茹河，不流经他的童年。

士兵们鼓动若昂·达·普里菲卡桑，想让他再讲讲他那些奇异的旅行。222 号接受了邀请，很为被点到名高兴，大声宣布：

"听好了，兄弟们，整个世界都是我们故乡的近郊。"

"你去过这么多地方？"其他人起哄。

"我航行多地，没有一片天空不曾在我目之所及。"

"那比那更往外的天呢？"

"从那儿再往外就没有天了。全是大地，全是葡萄牙。"

第四章
中士的第一封信

战争对士兵所为十分奇特：让士兵极尽所能地瞄准，但在他们失明之后，才令其射击。

（热尔马诺·德·梅洛中士）

伊尼扬巴内，1895 年 12 月 29 日

亲爱的：

我已在伊尼扬巴内，终于能从容地写信给你。一个好消息是，亲爱的，他们很快就会带我去洛伦索·马贵斯。如果一切顺利，我们将在那儿重逢。这个盼头让等待轻快多了。事实上，我喜欢这座陌生又熟悉的城市。我只需待在露台上，期待下一个目的地。我曾在很多地方生活，不过只有两个家：小时候的家，和恩科科拉尼那个小小的营地。我想到那两个家，就好像我身体的一部分。我想，我们不再看得见那些太属于我们的东西。

把这封信带给你的会是阿尔瓦罗·安德烈亚船长，你肯定已经认识他了。就像我在之前那张便条里提到的，安德烈亚是个实在人，我在共和派的斗争中认识了他。很少有白人和黑人说话，这么做也只是为了发号施令。但我那朋友会对你更看重些，这种重视颇为罕见，对他来说却宝贵又

15

真诚。你会喜欢他的。我只希望别太喜欢。

你可能不明白我们葡萄牙人为什么花这么长时间谈论自己。我们这样做是因为别人，因为外国人。我们害怕被他们小看。我们真正的偏狭不在地理上，而在于认识自己的方式。没有什么像强大的敌人那样（贡古尼亚内正是如此）能让我们暂忘自身的微不足道。与那位非洲国王的战争掩盖了分裂卢西塔尼亚民族的战争。无论保皇派还是共和派，都穿着同样的军装，在莫桑比克相会。他们曾彼此仇视，曾像杀死反抗的黑人般轻易地互相残杀。

我知道你担心我，怕我不知什么时候投身政治事业。放心。我不会再重蹈从前的鲁莽，那让我付出了流落非洲的代价。那苦役最终化为最大的补偿。原本的流放之地，变成了爱情之所。在这里，在非洲，我遇到了爱情。你是我唯一的祖国。我仅余的事业，就是回到你的怀抱。

你已毫发无伤地从最混乱的地区脱身。但有一场战争你避不开，就是莫西尼奥·德·阿尔布开克与阿尔瓦罗·安德烈亚的争斗。这段时间你将陷于交叉火力之下。我的朋友，安德烈亚，正在秘密准备一份发往皇家特派员的详尽报告，检举莫西尼奥·德·阿尔布开克如何违反军事行为准则。安德烈亚已向我透露那轰动性文件暂定的题目：《关于抓捕贡古尼亚内行动中践踏军事条例的行为的报告》。葡萄牙报纸会为了拿到那份报告付出多少呢？

求你，亲爱的，帮阿尔瓦罗达成他的使命。揭露莫西尼奥的真面目刻不容缓。那只开屏孔雀需要学会，衡量一位船长伟大与否的标准只有一个，就是对待被征服者的方式。

我们在非洲作战的标志性形象是马背上英武的骑兵。但非洲的战役赢在河上，要乘风破浪，艰难疾行。没人说起那些战斗。莫西尼奥·德·阿尔布开克的功绩如今无人不知，可那荣耀也有阿尔瓦罗·安德烈亚一份功劳。他的船，卡佩罗号战舰，加入了所谓"林波波河舰队"，向林波波河岸炮轰了三个月。英国对葡萄牙下了最后通牒，我们也给忠于贡古尼亚内的头目定下了归降期限。河边的村庄没按通告执行，受到了大炮和机枪的惩罚。轰炸后是陆上行动。船员登上河岸，攻进了敌方村庄。

林波波河上的那场战役带来了想要的回应：地方头目纷纷放弃抵抗。每天都有人来示弱，表示归顺。有些扑跪在地，绝望地嗫嚅："我们在，我们是葡萄牙国王的女人。"翻译肯定有错，只有你能解开其中的含混。其实贡古尼亚内本人派出了信使，提出了投降的条件。总之，加扎国王已经败了阵，认了输，才在沙伊米特就擒。莫西尼奥冲破的是洞开的大门。

问题是，亲爱的，生活无常，我们只有事实还不够。人们热爱动听的叙事。战争中相接的不只是军队，故事与故事也狭路相逢，而莫西尼奥的故事比阿尔瓦罗·安德烈亚的好得多。那骑兵的说法是假的也无所谓。他的说法中有英雄。那些英雄其实是我们。

同样的事也发生在爱情上。与我不同，阿尔瓦罗·安德烈亚没有能照亮他生命的爱人。行程的终点无人等他。也许你能帮他。除了语言，你还能翻译黑大陆的秘密。白人不只渴望懂得其他语言，他们想要不再害怕。

你的，永远是你的

热尔马诺·德·梅洛

另：你会发现我的字比平时潦草。你想象不出这儿的狂风暴雨。刚刚还有一道闪电劈碎了屋子没几米外的一棵椰子树。树上的果实像一块块木炭在灼烧。

短暂的强光里，我看见一群女人跑向河边。她们一路脱下衣服，扔在道旁。黑暗重新夺去我的视力时，她们的笑声混入河水的嘈杂。再次出现时，她们已经赤条条地没入漆黑的水里。我凝望这一切，记起我们第一次相吻正是在河上。

　　我不知道再向你说些什么。这些信中珍贵的不是长度，更重要的是，我写信时，你变得如我写字的手一般在我眼前。暗沉的墨水滴落，稍纵即逝的光辉时刻里，你渐渐浮现。

第五章
燕子和鳄鱼

雨闻到了童贞少女的气味
带着热烈的气息迫近她的家门。

从门的缝隙穿入
让自己变成了雾。

如此，以没有形状的形式
雨引诱了少女，令她进入梦乡。

那些梦里，少女看见有云飘荡。
在她门前，那朵云跪下，
让她攀上脊背。

那张床上，少女和雨共度良宵。

就在此刻，诸天倒坍，众神为伴。
整片大地芳香弥漫。

雨有香气，人们说。
而他们不知此香何来。

（达邦狄的话）

我们已经离开兰格内哨所一小时，卡佩罗号战舰没向林波波河河口前进多少。达邦狄的预言不假：一场暴风雨从我们头顶降下，把河面变成一片泡沫与波涛。阿尔瓦罗·苏亚雷斯·安德烈亚船长立在船头，手掌搭在额上，注视着地平线。尘埃拧成旋打在他晒黑了的脸上。

船长宽阔的肩膀挡住了整片汪洋。他眼睛很大，目光探询却坚定。但这个葡萄牙航海家在犹豫：热带的酷热中，一切都是表象。在非洲粗犷野性的风光中，他多少次意外地看到天从地上升起？多少次感到地狱的风燃起大片灰烬与火焰？

而此时，船长立在船头，抬手搭在眉间，感到船在请求他中止这次航行。这艘战舰在现代英国建造，并未受过专门的训练，去迎击让船像疯马一样跳脚的巨兽。

船长的谨慎还有更多缘由：海军此前从未运送过如此贵重的货物。俘虏必须平安无虞地抵达赛赛港口，在那里被转移到更大的内维斯-费雷拉号上。那艘船会把他们送到洛伦索·马贵斯。在那里，将有一场展示这些战利品的公开庆典。最后，这些黑人会被送往里斯本，展出将在葡萄牙首都达到高潮。

我知悉那些俘虏身上将会发生的事，却毫不知晓自己的命运。我对热尔马诺·德·梅洛知之甚少。抚摸隆起的小腹时，唯有一项信念驱动着我：我，伊玛尼·恩桑贝，会成为母亲。而热尔马诺是孩子的父亲。我们将在某个地方再次相见，终得幸福。

奇玛卡泽码头和兰格内哨所向后退去。俘虏把他们的生活丢弃在了河对岸。只有我无处安放自己的过往。

CR

阿尔瓦罗·安德烈亚伫立船头，像不敬的天使注视上帝的不完美。无

20

法在地图上描绘的海岸线，说明宇宙不过是一份草稿。

"你这是在看什么，船长？"莫西尼奥问。

安德烈亚回答时迟疑了。他凝视着波涛被率性掀起又坠入幽暗深渊。

"在看什么？我不知道。我在看燕子。"

"燕子？"莫西尼奥惊讶道。

"据说贡古尼亚内厌恶那鸟甚于害怕海洋。我问过他为什么厌恶。"

"给你个建议，船长：什么都别问他们，"莫西尼奥提醒说，"否则就犯了两个错。首先，因为他们回答你时会撒谎。其次因为，和他们说话时，你就在重视他们，这会对我们很危险。"

"其中一位王妃告诉我，燕子不是鸟，而是信使。必须倾听燕子带来的信息。"

"太荒唐了，亲爱的安德烈亚。谁要是相信他们就更蠢了。"

CR

到赛赛的路程本应是两天。但暴风雨突如其来，阻碍了船的前进，令莫西尼奥·德·阿尔布开克十分不快。对上尉来说，一刻都不能浪费：荣耀还在洛伦索·马贵斯等他。推迟为他歌功颂德的庆典的，不该是个波涛汹涌的河口。他惯于下命令，语气难得赔着小心："接着走吧，安德烈亚船长，这艘船造来就是为了在暴风雨里穿行。"

阿尔瓦罗·安德烈亚迎上莫西尼奥倨傲的目光，不悦地驳斥道：

"在你的战马上，由你下令；在这儿，指挥的人是我。"

莫西尼奥本可以用他的权势一举解决这次争论。除了上尉，他那时还是加扎战区的总督。但他选择换上更恰当的语气。俘虏面面相觑，为白人指挥官之间的不和感到困惑。挤在行李中间的恩昆昆哈内相信自己是那场争执的起因。"那些葡萄牙人，我怀疑，在争论即刻处决的事。"

21

"知道我为什么这么轻易就抓到了瓦图阿人的首领吗？"莫西尼奥船长问。

上尉解释说，他们抓人的时候，恩昆昆哈内的那些战士以为他们面前的小队只是地平线以外包围他们的庞大军队中露面的一小撮。

"所以我才告诉你，亲爱的安德烈亚，"莫西尼奥下结论说，"永远不要相信地平线。"

CR

要加速还有别的理由：船困在河口中央，可能会鼓舞河边的居民作乱。这是莫西尼奥的担忧。那些曾为监禁恩昆昆哈内叫好的黑人，现在可能想让他重登王位。安德烈亚船长不同意，说他会忠于先前的约定。

"什么约定？"莫西尼奥问。

莫西尼奥不会忘记，在抓捕恩昆昆哈内前很久，当地头目都已表明忠于葡萄牙。他们向他，阿尔瓦罗·安德烈亚，宣誓效忠。作为交换，他曾向所有人承诺，如果国王投降，绝不会有报复行动。王室会受尊重，国王也会得到庄重的对待。这就是他们的约定。

"那些黑人向你宣了誓？"莫西尼奥问道，毫不遮掩其中讥讽。"那么我向你保证，我亲爱的安德烈亚：已经没有黑人记得那个誓，就像不会有白人知道你们的道德协定。"

安德烈亚没说话，接下了这份冒犯。他看向我，似乎为他的沉默寻求翻译。莫西尼奥说起了地平线。他不该选这个话题。从穿越海洋的丰富经验中，航海家们学会了应对浓雾和蜃景。阿尔瓦罗·安德烈亚船长是地平线的行家。

借助望远镜，莫西尼奥·德·阿尔布开克观察着河岸。情况令人担忧：尽管已商定继续行进，但船还是要在礁石间艰难挪动，万一需要脱逃，船尾的动力轮并不能保证像他的战马迈克那样迅速推进。此外，艉楼甲板上装载的火炮、机枪也难以操作。莫西尼奥不愿想象致命的箭雨如何落在船上，甚至更糟，射穿那些应当活着囫囵抵达里斯本的俘虏。这是命运的嘲弄：先前决意要杀的敌人，正是眼下必须冒着生命危险保护的人。

"亲爱的安德烈亚，"莫西尼奥解释说，"你一定认为我赶着去洛伦索·马贵斯摘获荣誉。你要知道，我急着离开这片泥泞的水域，是因为在这里我失去过一个人。莫非你已经不记得了？"

不可能忘记，航程伊始，士兵若昂·达·普里菲卡桑，那个我认作222号的，被派去找水供锅炉用。刚把桶浸在水里，年轻人就跌进了暗沉的河水，瞬间被巨大的鳄鱼拖走。船上的人徒劳地扔下救生圈，发出无望的叫喊，扔东西砸向那庞然大物。料想中222号该绝望地挣扎，手臂疯狂挖刨河水。但他没有。那士兵接受了不幸的命运，平静得像是要回家。他失色的脸多次露出水面，睁着眼以童稚的恬静凝望我们。最终，222号迟缓地打了个旋，消失在林波波河灰黄的水里。尽管反复尝试，还是没能找到他的尸体。也没人再靠编号想起他了。死后，那士兵才有了拥有姓名的权利。对我来说，那个名字可以是若昂或穆瓦纳图。两人被河水环抱，葬在某条河流的腹中。

找到尸首的希望落空了，船的巨大明轮又像旋转木马一样转起来。叶大花妍的睡莲在气流中打转，像被无形的鳄鱼掀起。船是一把犁，拔起河的根须。桨叶的噪鸣声"费克费克"表明了当地人将船称作玛费克费克的缘由。那些睡莲让我想起一首歌，逝去的母亲曾用这首歌填满我们的家："……水中生长的花是雨做的。"

"他自杀了。"莫西尼奥总结。

对我们黑人来说，那不是普通的死亡。突然袭击的鳄鱼是受某个人驱使，在执行一项委托。鳄鱼的可怕之处，并非来自野兽，而是来自人类。

达邦狄上前几步，在莫西尼奥面前跪下，用祖鲁语含混地念了一长串话。一时间只闻她用白人不懂的语言念出的祷辞。莫西尼奥打断了她的祷告，下令把王妃带走，到俘虏待的角落里去。命令执行了，葡萄牙人才问我：

"那女人的样子，是为不幸的士兵祈祷，还是在感谢鳄鱼？"

"那个死去的人……"

"那士兵不是死了，"莫西尼奥纠正道，"是自杀了。"

"那个士兵让我想起我被一个葡萄牙士兵枪杀的兄弟。"我说完就后悔了。

"他叫什么？"莫西尼奥问。

"我兄弟？"

"不。那个杀了你兄弟的人叫什么？"

"圣地亚哥·达·马塔，"我回答说，"是我杀了圣地亚哥。"

"你错了，"莫西尼奥断言，"是圣地亚哥选择了自己的归宿。"

第六章
中士的第二封信

我的故事太古老，听到的人都会消失。没人为此受惊，在下一次沉默中，所有人会再出现。因此我用最轻柔的低语讲述，怕扰乱时间，阻挡入迷者的归途。

（达邦狄的话）

伊尼扬巴内，1895 年 12 月 30 日

亲爱的：

我的上一封信写在闪电的辉光下。写的时候，我冒出了一个荒唐的念头；为了认识你，我曾陷入某种失明。现在我只通过你的眼睛观看，只在我是你的身体时才有双手。我想起那个风雨交加的夜晚，不再觉得那想法荒唐。真希望接下来的日子像火花一样短暂。我没别的期盼，只愿下一瞬你就又在我怀中。然而，在热带非洲，时间懒惰，日子拖拖拉拉，像慢行的蛇。摸不到你，我就只有一双残损的手掌，重回不久前你开枪造成的残疾。那时你选择牺牲我来救你兄弟。我没有不悦。你的选择反而说明你灵魂高尚。

前信已在阿尔瓦罗·安德烈亚手上。送信的人担保他亲手交到了兰格

内哨所，比你们出发还早几天。我不愿猜想是船长没有立刻把信交给你。为什么不回我的信呢，伊玛尼？

写情书的一大乐事是还没写就收到回信。也许正是因此，我无数次提笔写这封信，又次次随它掉落在地。我赤裸的双脚印上了从未寄给你的话。我没有拾起那些草稿，随纸张孤零零地覆在地面的尘埃上。那是我为你的归来织成的地毯。我踏过语词，正如我们在故国酿酒时踩碎葡萄。

重读刚写下的部分，我想，也太小气了，不过是伪装成诗文的废话。其实我贪恋幻象，如执着空杯的酒鬼。一切顺利的话，这封信不会落在地上。没错，信会到阿尔瓦罗·安德烈亚船长手中，只等他在赛赛上岸。很巧，第一封信也是在码头送给他的，在奇玛卡泽码头。这些信每一封都不经过邮差，而由海员代为转递。

我想过船长只是忘了转交那封信。我了解他，对莫西尼奥太过愤恨，他眼里已经没有别的事了。不管怎么说，我能理解他靠这些微末的敌意过活。战争过后，能给一名军人留下什么呢？除了一段永不能忘的时间，还有什么呢？

事实上，一切都令这两位军官离心。莫西尼奥忠于王权，为古老纯粹的卢西塔尼亚血统自豪。阿尔瓦罗·安德烈亚是个意大利裔共和派。他祖父是热那亚水手，血脉流散于海陆之间。莫西尼奥和安德烈亚将在一场只与他们有关的战斗中争夺你的共谋。但你没得选。安德烈亚是朋友，莫西尼奥是同盟；安德烈亚掌舵，莫西尼奥掌控行程。

最要紧的是，亲爱的，莫桑比克的战争还未结束。所以他们带上你当翻译。他们想让你做的可不仅仅是翻译。他们想要你做密探，为葡萄牙王室服务。正是这一点让我不安。私授秘辛，你会面临很大的风险。这一切让我夜不能寐。但随后，第二天，我又重获理智，想到你在那些臆想的危险之外。毕竟，只有葡萄牙最高层才知道你的任务。葡萄牙人里，几乎不可能有人揭穿你的真实身份。那些俘虏没一个（除了国王之子戈迪多）能说出葡萄牙语单词。就算戈迪多想揭发你，谁会相信他呢?

亲爱的，这将是你首次出海。一年前我经历了反方向的旅途，从葡萄牙到莫桑比克。那是两个月的漫长航行。那时我懂得了，海上不止有船在活动。是行路人的心灵在穿行，超越种族和国家相混。我是这世上的幸运儿，属于极少数完成那次特别的旅途的人。我不是在海上行路。在你身上，我才跨过了将我与自己分离的界线。我的眼睛是蓝色的，是为了让我像水一样穿行。

为了安心些，你该想想你的旅行并不是现在才开始。从小你就在迁离你自己。想想这次不自主的旅程的好处：在另一个国家，我的故国，我们将一同开启新的生活。这是我最大的愿望。然而，我不想你身上发生我曾在葡萄牙目睹其他非洲女人经历的事。我不会允许你受辱。你将是伊玛尼·德·梅洛。你将成为妻子，我的妻子。

热尔马诺·德·梅洛

第七章
手与母

战争最沉重的遗存不是伤者也不是废墟。最坏的遗产是胜者。
获胜的人相信胜利使他们成为土地的主人，自以为有权成为土
地终生的统治者。

（摘自阿尔瓦罗·安德烈亚的信）

我现在明白河口居民为什么称林波波河为南博瓦宁巴，也就是"孕
河"了。此刻河流正在分娩：海岸线拉长，河抓挠自己，扭曲如蛇，把河
水排进海水。战舰乘着海浪，甲板上无一处没被海水冲刷干净。恩昆昆哈
内的七个妻子挤在丈夫周围。如果要寻求安慰，她们是找不到了：世界上
没有人像加扎国王一样胆战心惊。我愉快地看到他如此害怕，与曾在我的
族人间弥散的恐惧相当。

河流受孕令我想起自己的境况：我此前从未感到反胃，现在只想闭上
眼酣睡。远远的，达邦狄露出羞怯的笑。她是唯一向我示好的王妃。她溜
过来与我同坐。国王和其余妻子猜疑地观察我们。她们不是在乘船赶路，
而是在棺材里航行。他们如行尸走肉般在水上行进。只有她，美丽的达邦
狄，是活生生的。我倾耳听她低声道：

"我想让你帮个忙，我的姊妹。去求白人准许恩科西戴上他的王冠。"

她手里藏着希德罗德洛，恩古尼人用来区分贵族与其他等级的黑色

28

蜡制王冠。王妃很肯定，能戴的话，国王会平静下来。她观察是否有人在听我们说话，然后才又说：

"只有我急着离开故土。你想知道为什么吗？"然后陷入又一段沉默。她眼睛湿润了，说："我要见我儿子！"

十七岁时，她儿子若昂·曼格则被派往葡萄牙求学。"求学"可能是个不太确切的说法。他为里斯本对岸一家五金厂工作了两年。葡萄牙人给了加扎国王机会，把儿子交由葡萄牙学校培养，一些去莫桑比克岛，还有一些去葡萄牙本土。唯一被选中横越海洋的是曼格则。

国王对葡萄牙人说："看我多么信任你们，把我最珍贵的东西给了你们。"他的众多妻子联合起来反对那个决定，毕竟无论谁的儿子都属于她们全部。她们有同样的顾虑，担心大海会吞噬那个由葡萄牙人以"若昂"为名施洗的年轻人。所有妻子中只有达邦狄为此高兴。她藏起愉悦，装作也反对这件事。她悄悄祈祷了很久，希望若昂·曼格则被送往远方。哪怕在海上失踪，也比在权力争夺中被毒害要好。

"很快所有人就都能看出你怀孕了。"她说，抚摸着我的肚子。

"能看出来吗？"

"我一直知道。我是个尼雅穆索罗，掷螺壳，随身带着这些廷罗罗。"

她挺了挺胸，亮出用绳子串起小木棍做成的项链穆帕卡特舒。这不是无用的装饰，而是她被神明关照的证明。她起身递给我一条卡布拉娜。我决意不受，但她坚持要送。天马上黑了，气温会转凉。我拿来系在腰间的布不能搭在肩上，不然腹中的婴儿会难以呼吸。那块卡布拉娜应该是另一位王妃的。

"我们路上一起吧。"达邦狄说，"我会做你孩子的教母。作为交换，你做我的使女，我在葡萄牙的女奴。"

"我从未做过女奴……"

"刚好就从现在开始，"达邦狄说，"你那个孩子，我听人说了，天生不属于某个种族。你在白人和黑人里都需要有人照应你。"

她把手覆在我肚子上，猜测我已经三个月没排出月亮。按照传统，我正经历一段晦暗时期，我那些月亮的血被存了起来。王妃说我急需以别的方式流血。她打算在腿上划开小口，让血不在体内积聚。

"我观察过你，孩子，"王妃说，"你需要学习一些事，比如，饮水时应该跪下，以免水像瀑布浇在孩子头上。"

在我们的家乡，女孩学习不做任何人。达邦狄也消除了自己。她曾以为那样就不会为失去孩子痛苦。儿子动身前往葡萄牙那晚，王妃醒来，手指被浓稠的油黏住。她怀疑还在做梦。但她任其发展——如果那是个完整的梦的话。黑暗中她闻到铁锈的味道，意识到自己在大量流血。血从子宫流出：是若昂退回了黑暗。那个所有人都说去往远方的孩子，到头来从未出生。他死在母亲腹中。他是个希姆库，人们说的回到另一边去的人。溺死的人也叫这名字。他们死在无尽的子宫里，还没说出自己带来的秘密。

清晨，村子里谁也没注意到，达邦狄小心翼翼地穿过林地。她走着，不知道踏过的地面是在现实里还是梦中。她带了铲子，挖了个深深的小洞，在那儿葬下了儿子若昂·曼格则。之后所有人都会说那个洞是空着封起来的，土里埋的除了土别无他物，都认为那年轻人没死，说他已在茫茫大海中去往里斯本。

别人怎样说、怎样想无关紧要。达邦狄只想确认她胸中的河床是否已干涸。那样会出现诞下死胎的母亲。她无数次挤压乳头，一滴乳汁也没有成形。确定了自己比石头还要枯干，她回到家，睡下了。

第二天早上，国王经过她身旁，没认出她来。达邦狄已经变成了一棵树。这样，王妃解决了没办法的事。做母亲是个没有过去时的动词，达邦狄说。

"剪断脐带的刀片上的血，属于母亲还是孩子？"她问。她坚定地补充："我要在这次航行中重新找到的，就是我的那点血。"

30

∽

不要去看望孩子，她说。他会回到自己，仿佛始终即将出生。她闭上眼睛，晃动肩膀，哼唱起古老的歌谣："母亲将手插入火中，把还在燃烧的灰抛向天空。从时间之初，她们就这样行事。如此，繁星诞生。那些光点会遇到太阳经历过的事：归来。全都将归来。于是将让女人的手闪耀。"

我迟疑着打断这一长串唱词："你儿子会回到你的怀抱。这首歌是说这个吗？"她看了我很久。她的手指编织一片虚无，好像在读占卜的甲骨。这女人身上的一些东西让我想起逝去的母亲。

"我羡慕你，"她承认，语气沮丧，"我为不会说白人的语言难过。"

"别难过，王妃，"我说，"这样，你就听不到对我们的辱骂了。你不知道我们多少次被叫作猴子。"

"白人也不知道我们骂他们的坏话。"

她面色明媚起来，重复道："我会见到我儿子，这是唯一要紧的事。"她让我教她葡萄牙语。她将用这种语言与儿子交谈。

"若昂没忘他的祖鲁语。"我担保说。

"你不明白，孩子。我想和儿子用亲戚不懂的语言交谈。"

∽

为了避开蚊子，莫西尼奥·德·阿尔布开克上尉躲在驾驶员的舱室里。他右手撑在船舵上，好像人们正在恭维他。安德烈亚船长咬着牙咕哝："他最好不敢向我下令。指挥我的是大海。没别人。"

达邦狄拉着我的手，带我去找莫西尼奥。她让我帮忙，让人能明白她的话。上尉稍稍开门，听我们说。王妃请求道：

31

"到了葡萄牙，我想和你们中最年长的人说话。"

"最年长的?"莫西尼奥问。

"最年长的白人。我想谢谢你们收留了我儿子。葡萄牙的国王是我的若昂的再生父亲，而我是你们国王的妻子。"

上尉宽和地笑了。他让我们留他独处，重新关上了门。

CR

林波波河畔燃起上百团微弱的篝火，多数不属于河边的村子。点火的人们在河边驻扎，只为目睹国王被放逐。不时听到咒骂："滚吧，秃鹫，别再回来!"

达邦狄回到王妃中间，留我与阿尔瓦罗·安德烈亚一起。船长穿着深色大衣，轮廓几乎辨认不出。篝火的光在他锃亮的军靴上反射。

"你那位王妃说她与河流交谈，"葡萄牙人说，"你既然是翻译，知道河岸上那些火在说什么吗?"

他没有期待回答。我从头到脚打量着他。那身军装在热带的酷暑里不合时宜。金属的纽扣让那群王妃着迷。恩昆昆哈内没有这样的光芒，他的胸膛照不出一缕阳光。只有我同情这个浑身是汗的白人，要不是军装庄重，他就像个迷失在世界上的孩子。湿透的大衣几乎到他脚面，与军人的严整相反，他的脚几乎不设防。葡萄牙人光着脚，靴子裹了又黑又臭的烂泥，被拿去清洗。王妃们愉快地看着孤零零的白人，好像看见他光脚就是撞见了他一丝不挂。穆伦戈王叔高声道："那蠢货脱了衣裳。"人们哄堂大笑。老者说欧洲人是有蹄的动物。他们看见葡萄牙人总是穿着鞋，以为鞋子是他们身体的一部分。

葡萄牙人擦掉额间流下的汗，提议说：

"我们得谈谈，孩子。我有个使命要完成，比开军舰重要得多。"

第八章
先有船才有海

我向风扔了块石头

以为那是快雷雷鸟。

风停下了吹拂。

不久，风渐渐变成尘埃。

因为我朝它扔了块石头

风被惊扰，化为尘埃，飞向远方。

然后又开始强劲地吹

驱散那些尘埃。

风逸散了。

那曾是只鸟的风。

（桑人的传说，1870 年采集于开普敦，由南非作家安切耶·克罗格以诗体翻译）

阿尔瓦罗·苏亚雷斯·安德烈亚相信，他在海洋诞生之前就学会了航行。他沿海岸线游荡了几十年，探索过许多仍待命名的河流。旅途迢迢，多少个夜晚都不足以讲述他的奇遇。因此他瞧不上莫西尼奥·德·阿尔布开克的任性。

"了解大海的人也了解天空。"船长宣称，一边在整艘船上来回踱步，从一头走向另一头。

他感到不安，整宿没合眼。他被梦造访，征兆怪异。他梦到自己变成了黑人俘虏，坐在自己船上的货舱里远行。那个梦里，莫西尼奥为他双手松绑，拿个本子在他面前摇晃："这就是你正在写来声讨我的吗，婊子养的东西？"他的靴筒上，一根晃动的马鞭扫来扫去。然后，莫西尼奥把本子扔到他身上，让他大声念出来。安德烈亚抖着手抓住本子，认出那是自己的字迹。但他随即发觉，那全是用他不懂的语言写成。他觉得是祖鲁语，但不能肯定。然后他就迷迷糊糊地醒了。

"了解大海的人也了解天空。"安德烈亚重复道，好像这句话能帮他保持清醒。他又去看大海上空的乌云。他最终顺从了自然难测力量的指示。他相信心中的星辰——有人称之为直觉——甚于在热带海域显得无用的地图和指南针。

ↀ

"去提醒船长，这阵风来者不善。"

又一次，达邦狄想帮安德烈亚克服他的无知。葡萄牙船长不知道的太多了。比如，他不知道风曾是一只鸟。我们，乔皮族黑人，知道这一点。都是我们从小懂得的事。风曾是一只鸟，在人们想去抓时，逃出了自己。它不再有肉身，在云端筑巢，带着巢穴旅行，累了就能歇下。所以风才歌唱。因为它曾是鸟。小时候我说风"呼哨"，葡萄牙神父鲁道夫·费尔南德斯宽容地笑。语言就是女人：恋爱，怀胎，生儿育女。

"我认识这阵风，"王妃肯定道，"它叫希泽泽。"

希泽泽与其他大风非常不同。它像野兽一样嘶吼，受人之托而成，也许是国王下令召来。

"希泽泽会抓走掳去我们的王的人。"达邦狄说。

既然风下了令，船长就照做：战舰向右岸停靠，在离汹涌大海极近之处找到了安全的避难所。我听见锚沉到泥泞的河底。我们将在那个临时港湾过夜，等待破晓时分继续向赛赛港口航行。

ↂ

"听，姐妹们！"达邦狄问我们，"你们没听到沙滩那边的声音吗？"

海的怒火搅乱了我们的心。内心的混乱夺走了我们所有人的睡眠，无论俘虏还是看守。"这片黑暗不是夜的儿子。"达邦狄这么解释我们入睡时的艰难。她又补充道："这片黑暗来自宗戈埃内的岩石。"

河口另一边矗立着一片高高的沙丘，在上面可以看到大海对岸。宗戈埃内的岩石安处沙丘脚下。全世界再没有更黑、更坚定不移的岩石。那些石头的根比魔鬼诞生的洞窟还深。

几百年来渔民都去那里祷告，祈求航船沉没，海浪把船上的财宝带到岸上。一个年轻的姑娘被绑在岩石之间，不着一物，老人的呼喊盖过浪的喧嚣："你们，众神啊，激怒海洋吧，好让船只沉没，让远道而来的礼物到我们身边……"

"仔细听，孩子，"王妃问我，"你没听见海上传来的声音吗？"

我只听到涛声与风的呼啸。但对达邦狄来说，毫无疑问，海滩上有一群人在向神灵乞求海难。那些贪婪的手正准备将一艘航船开膛破肚，可能就是我们坐的这艘。

ↂ

我被王妃的预言吓住，陷入谵妄：那是一切的终结，我的十五岁将会无声无息地沉入浑浊的林波波河。我去找安德烈亚船长，他正提着灯在甲

35

板上散步。他让我想起希波骨，一种吓唬小孩子的无眠的幽灵。他迟疑片刻才答复我的请求：

"船长，请把提灯借我一下。"

"为什么？"

"不知道。我想见热尔马诺。"

"热尔马诺？看在上帝分上，伊玛尼！"

"我可能疯了，但就让我看看吧……"

"别太久，我不能没有灯。这儿有人要害我。"

船长抖着手把那微弱的光源递给我，手掌近乎来自魂灵。风吹得灯影摇晃，把我的身体照得比路还亮。我在光下变得越发清晰，仿佛萤火虫在黑暗里游荡。也许正因如此，那些水手肉食动物般贪婪的目光聚在我身上。我找莫西尼奥寻求庇护。我要请求他保护我于两种贪念：一种来自想让我死的黑人兄弟，一种来自想侵犯我的白人。

这时阿尔瓦罗从暗处现身，夺过我手中的灯："好了，结束了，"他宣布，"我更有理由惧怕黑暗。"

CR

在流放中而不是王位上才能认清真正的王。我父亲这样说。他建议看国王的肩胛骨来判断其王国的命数。我看向恩昆昆哈内，看不清他的身体。我只认出驯服的曲线。相反，高贵安然留在恩瓦马蒂比亚内·齐沙沙身上。

"他们为什么不坐在一起？"安德烈亚指着俘虏问道。

"这样最好，船长，"我解释说，"这两位首领之间有深仇大恨……"

叛乱者齐沙沙暗暗示意，指向宗戈埃内的沙丘。他证实了达邦狄说过的话："河口对岸的某个地方，幽灵正被唤醒。有人请求他们制造海难。"

"他说什么？"船长问。

"告诉他我在谈论星星。"齐沙沙回应。他慢慢地接着说，给我时间翻译："星星是月亮的妻子。对我们、我们民族的男人来说，就是这样。妻子太多了，所以她们才消瘦。月亮没给她们吃的。"

阿尔瓦罗·安德烈亚脸上现出些微笑意。他倚在栏杆上，摇头低语："我都忘了这是一年的最后一夜。"

他没让我翻译给齐沙沙。齐沙沙的历法不同，年份根据旱灾、战乱和饥荒命名。此时开始的一年永不会有名字。

光脚走路是葡萄牙人已经失去的习惯，所以他往回走得步履蹒跚。他的身影变得模糊时，我问齐沙沙：

"我没听过那个星星的传说……"

"全是我刚编的。白人喜欢故事。我有时可怜他们。我待他们恭敬，叫他们'长官'，他们就相信我是真心的。"

☙

船终于入睡时，岸边有信号传来。有人点燃火把，用尚加纳语高声喊叫。那是个因杜纳，恩古尼王室的使者。他带来了恩昆昆哈内之母因佩贝克扎内太后的信。他要把消息当面带给被废黜的国王。莫西尼奥拿不准要不要放他前来，征求阿尔瓦罗·安德烈亚的意见。船长惊讶于他的询问，说："船归我，俘虏归你。"

"因佩贝克扎内太后一直在帮我们。"莫西尼奥说，"让那黑人上船来吧。"他又对我说："你，伊玛尼，应该明白：一会儿来告诉我他们谈话时发生了什么。"

他们派了艘小艇去接因杜纳，听见岸边传来有人说着尚加纳语："滚吧，独裁的胖子，偷牛羊和母鸡的贼！现在他们要带你去哪里？"我陪来使到恩古尼俘虏房面前。在国王身边，信使跪下来击掌致意："拜耶特！"起初，恩昆昆哈内没认出来人。他奋力起身，毯子从背上滑落，露出脚踝。他狐疑地审视不速之客的脸。使者说自己是马吉瓜内将军部下，用祖鲁语说：

"别在意河边这群人的冒犯。他们很快会重新称颂你为加扎万民的恩科西。"

"你想要什么？"恩昆昆哈内问。

"我给你带来了消息，国王。你的军队的统帅，马吉瓜内将军，正在组织一场名为'国王归来'的运动，要求让你回到加扎。"

"还有呢？说吧。我很清楚你们的路子：先说好消息，然后才说出不幸……"

"我是来提醒你的，国王，你母亲因佩贝克扎内太后面临着非常严重的指控。据说是因为她，两个多月没有下雨，牛羊死于未知的灾祸。请告诉我，你想我们怎么救你母亲。"

"别担心，尊贵的恩科西。"穆伦戈王叔回应道。老参谋对未来有清晰的认识。"现在，"他说，"白人才是统治我们的人。"只是时间问题。他们现在加在王太后头上的罪名，很快就会被用来反对新的统治者。

"他们还说什么？"国王坚持问道。

信使盯着地板，犹豫了。他重新开口时，恭敬逐渐变成恐惧：

"你的王叔们想杀因佩贝克扎内。他们指控她犯下了最重的背叛：把她自己的儿子送到葡萄牙人手里。"

恩昆昆哈内听着这一切，好像在听某种他不懂的语言。使者等了很久，等他的对话者摆脱那阵昏沉。见无事发生，他无声地询问穆伦戈王叔。但他们都知道，有些沉默有自己的主人。所以王叔装作不存在。所有人都等着国王，一切沉默的主人，重新开口：

"我如今在这里，成为白人的俘虏，肯定是被人背叛了，"恩昆昆哈内

38

说，"去找到罪人，把他正法。从王室内部开始吧。"

使者极恭敬地告退。他退后时并不转身，最后一次向国王道：

"要带句话给您母亲或马吉瓜内吗？"

"告诉他们派多科泰拉来。"国王回答。

他说的是曾在曼德拉卡齐为他看诊的瑞士医生乔治·林姆。使者仍低着头，说：

"葡萄牙人赶走了瑞士人，多科泰拉被迫离开，去了德兰士瓦。"

那个因杜纳返回接他来的小艇，桨拍击水面的声音响起。国王的最后一位信使消失在黑暗中。恩昆昆哈内再也不会接到来自他的王国的访客。流放甚至在他离开故土前就已开始。

甲板上，莫西尼奥·德·阿尔布开克在等我汇报。我走上台阶，想起父亲的话：战争年代，每个翻译都是告密的人。

CR

破晓时分，阿尔瓦罗·安德烈亚船长递给我一碟子汤。我婉拒了，他不客气地用完那份给我的食物，用手背擦了嘴。我差点没听到他说：

"你说起过热尔马诺。"

"他是我恋人。"

"我知道他是谁。我有一封他给你的信。"

"那你为什么现在才告诉我？"

"我忘了。我是个孤独的人。"

"我不明白，船长。"

"孤独的人察觉不到自己的遗忘。我可能会自己想起来，也可能要你帮我想起。"

他军装上锃亮的纽扣闪着光，但他盯在我身上的目光更亮。

"我怀孕了，船长。"我声明。

我惊讶于自己的话。我刚说出的不是自保，而是谴责。有一会儿船长垂着头，羞耻难抑。但他很快恢复如常，完全又是一个男人，一个白人，一个军人：

"你是怀孕了，不是得了健忘症。你有事要告诉我：你在抓捕贡古尼亚内的行动中看到的事。"

船长手里有热尔马诺的信。我的第一反应是愤起回击。然而最好是像过去一样行事，暂且放下争执，假装顺服。我同意告诉他，但随即警告说，我们的交谈会让黑人和白人都起疑，最好还是我把供词写下来，让我用仓库，给我纸笔就行。我拿不准，船长思量道。他说，人们说谎的大多数时候甚至不自知。书写时，人更常说谎。然后，他让步了。真相的事没有真正的解法。至于我，译错一处几乎就是说谎了。

第九章
文盲国王的字

马是古时的龙的遗存。

（恩瓦马蒂比亚内·齐沙沙）

傍晚，我在船上的仓库坐着。一个本子、一支笔、一瓶墨水在一张桌子上摆开。船长关上了舱门，相信我会在那间屋子里写出指控莫西尼奥·德·阿尔布开克的证词。我没能提笔去写供词，因为恩昆昆哈内的来访惊到了我。

"我讨厌你的鞋，"他一进房间就张口道，"我讨厌你的举止，不能忍受你躲我的样子。但你可以放心，"他补充，"我不会对你不利。"

然后，他从我手中抢走了本子。他把本子放在灯上，好像夺去了它的重量。"你为什么这么爱写？"他问。他又眯起眼评论道："白人都不写这么多。我从没见过他们中有谁太阳落山了还写字。"

我盯着地板，看见他赤裸的双脚。那是死树的根。他下令把本子和其他纸都扔进海里时，我感受到他灼热的吐息。

"哪些纸？"我轻声问他。

他在我的口袋里翻检，掏出我不曾寄给热尔马诺的信。我都没想到有那么多。国王要两只手才能拿住口袋里的所有东西。他走了几步，纸随之掉落。他有意如此，想让我俯身去捡散落一地的纸。他利用了我的脆

41

弱。他短胖的手摸上我的大腿，抚摸我的臀部，一次深呼吸后，贴上了我的腰。

我放任他的动作，想让他转移注意力，离我藏的其他纸张远点。可以让他拿到信，但不能碰我记录这次痛苦航程的那些本子。我迅速挑出那些还很潦草的信，放在他怀里。国王晃晃脑袋，喃喃道："你会是我的，我的第八个妻子，我新的巫女！"

他摇摇晃晃地走向舱门，像在安抚孩子入睡。他奋力把信沿船侧扔了出去。纸页飞了一阵，像海鸥无目地盘旋。信落在海浪上时，整片海都变了颜色，海面变得黑沉如夜。恩昆昆哈内没注意到那些变化，对他来说海洋始终是一片黑暗。

"我来这儿，"他说，"不是为了你的信。是为了我的信。"

"什么信，恩科西？"

"我会说给你听。一封给葡萄牙国王的信。"

他看看自己正在撕开的白纸，摸摸笔尖，又闻了闻墨水瓶。他叫我不要吝于美化和矫饰。"我要你用符合国王身份的语言，"他说，"难道不是我们这些一国之君统治着语词吗？"他从容地开始讲述，始终闭着眼，仿佛在动情歌唱。

CR

我的兄弟，葡萄牙国王堂卡洛斯：

我是穆顿卡齐·恩昆昆哈内，我父穆齐拉是"索尚加纳"玛努库斯之子。谨以此信感谢阁下大恩。关于我被监禁的谣言四处散播，说我在这艘船上过得像畜生，既被征服，受尽凌辱。你我都知道，事实并非如此。我应阁下之邀上路。这一切——我被捕、被监禁、我的远行，都是装装样子。这一切不过是做给欧洲各政权看的假象。我没被戴上手铐，没被缚住双臂，也没被捆住双脚。我接受关押，是因为同意配合做戏。我正前往里斯本，以便当面与阁下共商大计。此次邀访的好处，让欧洲的国王生疑，令非洲的国王妒忌。

偶尔，我承认，我退缩过。我猜疑过你，担心我的性命。我发觉那是醉酒的错。有一种恐惧长久地困扰着我：对不能归来的畏惧。祖鲁人认为穿越海洋的人永远无法归来。这并非无稽之谈，实乃所有非洲人的经验，无论是奴隶，还是奴隶的主人。从未有人归来。进了海的人失去名字，只记得他出生前的一切。这是我们家乡的传说。

我将在远方继续统治我的臣民，像那些已逝的国王一样。我不为距离忧心。我害怕背叛。我带上了七个妻子，每个都有自己的秘密。她们中间，达邦狄是那个做梦的。她的每个梦都是位谋臣，告知我阴谋与背叛。有人要献祭我母亲因佩贝克扎内，指控她效忠葡萄牙人。最棘手的是，这是事实。因佩贝克扎内太后相信葡萄牙的承诺。我想请你，我的兄弟，像许诺的那样保护她。据说马吉瓜内宣布了起义，想强使我返回莫桑比克。别被他左右，我亲爱的王，连我都不信任他的动机。为什么呢，那马吉瓜内如此骁勇善战，却没试过用伏击解救我？为什么任凭我经过那么容易遭遇突袭的地方？马吉瓜内不应为我的回归作战，他本该阻止我离开。

这没什么让我惊讶的，恩科西。我那将军有段过往。他来自聪加，被征服的部族。我曾强迫他屈膝，坐在他背上沐浴。他也会想坐在别人背上。而现在，他指挥着一支只在他梦里存在的军队。马吉瓜内装作个将军，我装作囚徒，而恩科西装作我的看守。所以我说，战斗用武器赢得，但战争以谎言取胜。

我说起这一切，恩科西，是因为礼节要求一件事要由另一件事引出。这封信主要的缘由是个紧要的请求。归我的这间房带给我的不是监禁，而是保护。现在我由对我怀着深仇的葡萄牙人保护。我要请求你的是，别让齐沙沙继续待在我的囚室。我最需要防范的是他。那恩瓦马蒂比亚内·齐沙沙不是恩古尼人，并非加扎贵胄。他来自南部莫桑比克，是个你们称作"酋长"的小因杜纳。恩科西你如果有什么应当憎恶的人，那就是这个连我都不服从的叛徒。你征服了我，也就征服了所有被我征服的人。

希望你知道，洛伦索·马贵斯那场劫案中，并不像他们向您禀告的那样，有我的共谋。是齐沙沙擅自行事。现在他指控我背叛，谴责我把他送给葡萄牙军队。所以我恳请，别强迫我和想杀我的人同住。如果我命当绝，我更想死在葡萄牙人手里。枪毙我吧，国王恩科西。

最后一个愿望是，请给莫西尼奥·德·阿尔布开克上尉传个信，告诉他我不记恨他。船长抓我时不像捉敌人，倒像捉拿不肯就范的同袍。我是同一支队伍中的中士。我与莫西尼奥同行多日，看出我们在膝盖上同病相怜。莫西尼奥在执行军务时摔下了马。我的痛苦没有这等荣耀，折磨我的只是自己的重量。疼痛已有多时，但在我被抓获之后愈发严重。我接连多日遭受拳打脚踢。我知道不是由你授意。但我不停挨打，挨了很多打。起初我以为是假意殴打，但那些棍棒的疼痛远远超过做戏。在沙伊米特的落脚点，他们先是为了让我坐下打我，后来为了让我站起来又打。去河边的路上，他们因为我走得慢痛打我。上了船，士兵又想逼我吐露藏宝的秘密。是莫西尼奥愤怒地叫停了那场殴打。是他大吼："都别碰恩昆昆哈内！这个非洲人是葡萄牙国王请来的客人！"那个莫西尼奥，我猜，应该对我们的秘密起了疑。留他在身边吧，我的兄弟。不能背弃了解我们的伤口的人。

不久，我们将当面交谈。他们不让我带上献给你的礼物。我本已准备了三头牛，在这漫长旅途与我做伴。但不行。等我们下次在莫桑比克会面，那时，除了牛，恩科西还将拥有能喂肥牲口的牧草与河流。

我以我们的礼节向恩科西致意："拜耶特，堂卡洛斯国王！"

穆顿卡齐·恩昆昆哈内

℘

我带着意味深长的微笑写完了信。"你笑什么？"恩昆昆哈内问。"当然是嘲讽，我的国王。"我大着胆子说。"怎么会？"他问道。"你说的肯定不是真心话。"我说。"你全都是按我说的写的？"国王问道，仿佛没听到我的话。我表示肯定。这次是他狡黠地笑起来，伸出手指，语带警告："我会差达邦狄确认你是不是忠于我说的话。"我慌忙抗辩："达邦狄不懂……"他没让我说完："达邦狄懂得阅读。你还在想要说什么，她就已经在读你的话了。"

恩昆昆哈内拿起那张纸，用食指划过字母的线条。那是他衡量我顺从的手段。"想知道我为什么写信给葡萄牙国王吗？"他问。他说，在沙伊米特，猎人把狮子的头骨挂在神树上，所有人都以为是虚荣的炫耀，但指使猎人的不过是谦卑：他们崇拜被征服者，向兽的神灵乞求宽恕。

"明白我为什么要写这封信了吧？"恩昆昆哈内问道。

第十章
照亮过去的白手绢

穿越海洋，无论往返，在非洲人眼中一定都像渡过河流。

（阿尔伯特·达·科斯塔-席尔瓦，《名为大西洋的河》）

船和海螺一样，里面能听到海的声音。内维斯-费雷拉号是只大螺壳，一个后背着地的金属壳。烟囱是三张大口，吞下云朵，再吐出沉重的脏云。这艘在赛赛港口等待我们的船引得俘虏十分惊惧，让他们连大海都看不见了。

加扎国王坐在棉垛上，想知道到里斯本的路程要多久。我把听来的话转述给他：到洛伦索·马贵斯要两天，再过两个月到葡萄牙首都。把这话翻译成祖鲁语时，我把月份换算成了"月亮"。我以为恩昆昆哈内会因此悲伤。恰恰相反，笑容照亮了他的脸："两个'月亮'？"他惊讶地问。葡萄牙人跑那么远来跟他打仗？他又骄傲地挺起了腰杆。数秒之间，他重新成为国王。

☙

俘虏们在码头候了几个小时，等待上船的指令。路上，他们将坐在货舱。葡萄牙人先把商品装船，接下来才会是别的货物，这些交谈、哭泣、祷告的货物。

巨浪把内维斯-费雷拉号拴在港口。船像公牛被牵着鼻子。国王和船一样被桎梏，双手暂时用麻绳捆住。

我那群黑人兄弟的惊骇，满足了安德烈亚船长的虚荣。莫西尼奥的表现相反。他想让海军和海员出糗。"船呢，"他说，"在陆地上才漂亮，而且得翻个个。"

海员们放声大笑。莫西尼奥太小看海军了。只有把船翻过来，他说，才能明白船的真面目。"龙骨"这个词由航船和鸟共用。比起鱼来，船更像只鸟，莫西尼奥说。

穆扎木西王王妃担心船会把大地推向内陆，大叫着恳求不要放开这头巨兽。恩昆昆哈内命她闭嘴。此后再没有妻子不经允许开口。达邦狄轻蔑地笑：国王终于认清，他的王国不堪一击，他的妻妾寥寥无几。他曾用鲜血夺取土地，凭精液占有妻子，他拥有的一切现在都离他而去。所以他才向妻子大吼。在女人堆里做个男人是他仅剩的权力。

ᘓ

赛赛码头上，莫西尼奥上尉盯着自己珍贵的战马上船。那不单单是头牲口，也不只是被搬运的货物。那匹马是上尉的自画像的一部分。他这样梦想着，做再世的人头马、终生的骑士。幸亏这勇武的军人不懂齐沙沙的话："总有一天我们要吃掉那匹马。"

轮到莫西尼奥不明所以地笑了。他带着这个笑容走过通往内维斯-费雷拉号内部的台阶，在船尾接受了船长雅伊梅·莱奥特·多雷戈中尉的致意。这位船长与阿尔瓦罗·安德烈亚十分不同，莫西尼奥为此感谢上帝。更换船长对他来说是解脱，于我则是噩梦。阿尔瓦罗·安德烈亚从职责中脱身，找我就更肆无忌惮。我难过的不是与他为伴，而是我缺乏勇气，不敢向他索要属于我的东西：热尔马诺的信。

⚬

船出海了，我一时以为是陆地在移动。我们并非将乘船出行。我们将像从前所有的旅行那样，通过回忆和梦航行。但我不回忆也不做梦。我十五岁，正远离我自己，没有行李，也没有文牒。但我带了我的孩子，我的永生之始。

午夜，达邦狄和我被叫去雅伊梅·莱奥特·多雷戈船长的寝舱。在门口，达邦狄两手抓住了他的胳膊。我们的女人很少会这样近身，但王妃喜欢这个胡子花白的白人。好感是相互的：中尉注视着王妃，像在研究她的脸。"很好，我找的就是她。"他兴奋地确认。

寝舱深处，有一块用架子支起来的画布，椅子上放着两支画笔和一块调了各种蓝色的调色板。"我想画海，"他坦承，因此他才要达邦狄来。"在码头上，"他说，"我听到了这个女人的声音。告诉她再唱一遍！"

"不是我唱的，"达邦狄解释，"是别人用了我的声音。"

"告诉她我不习惯请求。"

王妃笑了，回应道："问问他是不是能听命令做梦。"

达邦狄用指尖轻触画布。她以为面前是织布机，船长则是纺织工。葡萄牙人画着圈，用胳膊说话似的，介绍他即将开始的画作："海是看不见的，我们在海中看见自己。"随后又补充："在码头听这个女人唱歌时，我看到了大海。"

他递给王妃一杯烧酒。达邦狄一口干掉，用空杯子示意要第二杯。"既然听到了我唱歌，这个白人一定不是敌人。"她说，又补充道："这酒不错，我会让他得偿所愿。"然后，王妃放声歌唱。船长阖上眼眸，慢慢地，海水灌满寝舱。

雅伊梅·莱奥特·多雷戈船长抬起右臂，和着王妃的歌声踏步，走向我，问道：

"你和白人跳过舞吗？"

෬

1896年1月4日，内维斯-费雷拉号在圣灵湾抛锚。我们眼前展现出整整一年前齐沙沙大胆掠夺的城市。白人称之为洛伦索·马贵斯，我们则为其命名希伦吉内。我想起意大利女人比安卡·万齐尼如何抱怨那地方有多小。但对我们这些从未见过城市的人来说，这里层层叠叠的道路、房屋和灯光令人目眩。所以我们叫它希伦吉内，人们像白人一样生活、说话的地方。

我天真地以为这就要下船，但很快发觉船上所有人都被筏子拉走，除了我们，我们黑人。这艘停在海湾中央的船是座监牢。葡萄牙人时间紧迫，城里筹备着盛大的庆典。记者、外交官、外国高层会来，官员、商人、宗教领袖也将到场。最后，附近的居民将齐聚此地围观加扎雄狮含羞忍辱地游街，看他的双脚舔食洛伦索·马贵斯街上的烂泥。

阿尔瓦罗·安德烈亚拒不下船。他解释说，他会留在船上，保障俘虏的安全。我们都知道这葡萄牙人另有所图。那是他推进攻讦莫西尼奥的报告的最后时机。在那艘睡眼惺忪的船上，他迫切想讯问的证人都任他摆布。

෬

第二天早上，我们在船上接受了来访。莫西尼奥·德·阿尔布开克身着便装，与外交官、记者共十人同行。跟他来的还有个又瘦又高的黑人，穿着欧式的衣服和鞋子。莫西尼奥向我走来，问道：

"我没穿军装，你还认得出吗，姑娘？我这是阿连特茹式的打扮，穿夹克、系腰带、戴宽檐帽。"

他下令召集俘虏，然后向我们介绍随行的黑人。

"这是泽卡·普里莫罗索，翻译，我们说的'喉舌'。他来协助贡古尼亚内的采访。"他向我补充道："你被解雇了，姑娘。"

他们给国王拍了照，两名王妃陪在一旁。达邦狄笑着，很满意自己位列其中。满足了记者，莫西尼奥侧身指使翻译："问问贡古尼亚内，认不认得在沙伊米特抓他的人。"恩昆昆哈内吃力地站起来，指向莫西尼奥："是他！"

"看见了吗？"上尉傲然问道，"就算我乔装打扮，也能一下被认出来。把这写上，叫那些不信者闭嘴。"

采访期间，莫西尼奥叫我到一旁，解释他为什么起用别的翻译。不是个人的缘故。"所有间谍都有同样的问题。"上尉解释说，"所以就该有人监视他们。能被收买而背叛一个人，就会背叛所有人。"

我身上的嫌疑还要更重。我是黑人，还是女人，曾经背弃我的家族和我的信仰。更有甚者，我还选了个白人当恋人。我怎么能让人信任？"你已经背叛了本属于你的，就会更轻易地背叛我们。你可以几乎是个白人，但有一点不会变：世上所有黑人都是一家。"

访问团离开了，载他们来的筏子又送他们回城。所有人都回去了，除了泽卡·普里莫罗索。

☙

新来的翻译是我们所说的穆兹瓦拉那，能读会写的黑人。白人一走，普里莫罗索就问我：

"他们抓了罗伯托·马沙瓦传教士。还有很多传教士被抓。你也来自那个教堂吗？"

"我从另一个教堂来。"我生硬地说。

"哪个？"

"你不认识。没有葡萄牙语名字。"

俘虏们吃惊地目睹了我们的交谈。这是他们第一次见两个黑人用葡萄牙语交流。齐沙沙摇头微笑。笑容有时是最好的指责。

❧

阿尔瓦罗·安德烈亚叫泽卡·普里莫罗索去指挥塔。我们看见他接到指令，半骄傲半恭敬地点头示意。后来，翻译返回甲板，神气地走向惊恐的俘虏。除了穿着欧式的衣服，他脚上的鞋也仔细擦过，头发沿着越过头骨两端的宽发缝扯开。他用祖鲁语逐一细数他认为使自己卓异于族人的特征：

"你们说莫桑比克有黑人国王，也有骁勇的战士。这些你们都没有，因为我忠于远方的堂卡洛斯国王。还有，我早就开始穿鞋袜，在床上睡觉，上桌吃饭。明白了吗？"

叛乱者齐沙沙挥舞手臂行了个夸张的礼，捏着嗓子喊：

"Si ya vuma！"[1]

这是虚伪的赞同，讽刺的"阿门"。泽卡·普里莫罗恼怒地回击：答他的话时，不许再用土语大喊大叫。他们可以赞同他，另外也应该赞同他，但别忘了面前是位葡萄牙长官。他通知说阿尔瓦罗·安德烈亚船长很快会来向俘虏问话。"我们有两只耳朵、一张嘴。"泽卡说。"记住，亲爱的同乡：耳朵是我们的，但嘴不属于我们自己。"他补充道。

船长走下来，俘虏在甲板上安静地列队。阿尔瓦罗·安德烈亚命令我

---

[1] 意为"我们明白！"。

到俘房中去。"你已经不是翻译了。"他走过我时说。

恩昆昆哈内最先接受讯问。那葡萄牙人想让加扎国王交代他受过的虐待。用祖鲁语再问一遍也无济于事，国王依旧沉默。问题变着法地重复，国王闭口不言。葡萄牙人从审问者变成了检举人。正因为国王用沉默掩护告密者，他那些臣属才怀疑他母亲。安德烈亚接着问：恩昆昆哈内知道英国女王送给他的银杯在哪儿吗？没想过吗？知道他被关起来后是谁下令宰杀了他所有家畜吗？

加扎国王仍不回答。阿尔瓦罗·安德烈亚像是放弃了，俯身在恩昆昆哈内耳边低语：

"莫西尼奥该感激你。多亏你，他才成了英雄，多亏你，他才受到堂卡洛斯国王褒奖。多亏了你，洛伦索·马贵斯街头才有成千上万黑人、白人为他喝彩。要不是你，那个上尉不过是个没人认识的小贵族。"

泽卡·普里莫罗索兢兢业业地翻译，但突然被海上传来的响动打断。数十条船在黑暗中围住我们。葡萄牙人让普里莫罗索解释发生了什么，翻译闭上眼，念出圣歌：

> 这就是我们那青年，他们想杀死的青年。
> 他声名赫赫，我们引以为傲。
> 他曾与白人战斗，逃往科西内。
> 现在他被抓住，要被带去远方……

普里莫罗索不安地清清嗓子：

"这就是他们用自己的语言唱的胡话。"

"他们是说恩昆昆哈内吗？"船长问道。

"不，长官。他们在歌颂齐沙沙。"

船长沿栏杆疾跑，试图分辨颂歌来处。夜色深重，伸手不见五指。惊惶的安德烈亚命令卫兵放上几枪，哪怕不知方向。

"开枪！向那些该死的小船，开枪！"安德烈亚下令。

"哪些小船？"士兵问。

"随便往哪儿打，让他们离远点！"

这办法见了效，小船远退，寂静重新环绕了我们的船。恩昆昆哈内被关进驾驶舱，门口安排了两名卫兵，一个黑人，一个白人。

在那间临时牢房里，恩古尼人被征服的国王像穿山甲一样蜷起。我想起父亲的话：牢房全都狭小，监禁无不终身。

CR

神出鬼没的小船吓住了安德烈亚船长。他疑心他们想杀那黑人国王，但更相信他们的目标就是他本人。他急于掌控局面。无论是哪种威胁，都必须立刻加强船上的警戒。

我和泽卡·普里莫罗索被紧急派往洛伦索·马贵斯，任务是向一位叫杜阿尔特·阿马拉尔的中士求援。他出身行伍，还是船长忠实的朋友。我们得去那些见不得人的地方找他。出发前，阿尔瓦罗·安德烈亚提醒我们：别让莫西尼奥知道，不然这次求援一定会被嘲笑。正因如此，安德烈亚才选了我们这两个生面孔的平民执行那项棘手的任务。

"小心行事，"他叮嘱我们，"然后带阿马拉尔来见我。"

他眼神慌乱，脸上淌着汗。我差点认不出那个镇定地战胜了暴怒的希泽泽风的男人。

CR

不一会儿，我们上了岸，普里莫罗索认出旁边是圣母受孕要塞。我们匆匆穿过开阔的广场，四周尽是狭窄的街巷。"就是这儿，这就是商贾街！"普里莫罗索指认道，"咱们小心点！晚上城里很危险，就算上帝也得当心。"他走着路也没停嘴："我带了我的通行证，但你一个外地的黑女人，这时候已经不能上街了。"他得意地晃晃那张证件，那让他能在日落后在欧洲人专有的土地上畅行。我们不得不避开负责执行禁行令的警员。泽卡·普里莫罗索为他们的抽查行动辩解：

"葡萄牙人很谨慎，这么做没有恶意。只是天都黑了，黑人走来走去不好。白人可能被吓到，毕竟等他注意到有黑人，就已经撞上了。"

CR

我们走在商贾街上。我的葡萄牙语说得比大多数葡萄牙人还好，也读过很多书，但我从没到过城市，从没在路灯下走过路。泽卡·普里莫罗索自豪地翻译着这座我的眼睛读不懂的城市。酒吧门口，一群半裸的女人卖弄着风情。无数浪荡子从那儿走过，差不多都醉着，大着舌头互相调笑或谩骂。附近发现了金矿，洛伦索·马贵斯便挤满了来碰运气的人，有英国的、荷兰裔南非的、叙利亚的、黎巴嫩的、意大利的、希腊的，还有些来自远到任何地图都不能证实的国家。

普里莫罗索一面就这座城市发表演讲，一面仔细观察各个建筑的立面，从光照弱些的人行道向街对面窥探。然后，他像对待孩子一样把我举了起来。从那个位置，我看到那些房间里烟雾缭绕，女人们几乎赤着身子，却又打扮得太多。"就差一点，"我大声承认道，"我没跟这些女人一样。"

"怎么回事？"泽卡问着，把我放回地上。

我向他讲了比安卡·万齐尼打算把我签进夜总会的事。"去那家'波希米亚女孩'？"泽卡惊讶道。我耸耸肩。"不知道，"我说，"我只知道我会叫黑莉莉。"

"这名字妙极了，"泽卡说。"你就该这么叫。"他这样建议。

∞

午夜将近，泽卡·普里莫罗索在挂着"狂舞曲"招牌的建筑前停步。"就是这儿。"他兴奋地嘟囔。妓院门口站着一名守卫。不久，那边掀起一阵喧哗。他们不许泽卡·普里莫罗索进门，也不准他解释。"黑鬼，"人们迭声叫骂，推搡着无助的译员。我在人群里拼命地找：那个阿马拉尔中士到底在哪儿呢？

我循泽卡的呼救声走去。他倒在人行道上。我把他拖到路对面，擦干净流到脸上的血，而他忙着整理发型。冲突中，他的一只鞋掉了跟。他叫我去找。鞋比所有通行证都重要。这就是他的权衡：最要紧的是整理仪容。我趴在人行道上摸索时，译员在为殴打他的人辩解，让我别误解那场暴行，那在他口中不过是场"意外"，没什么特别含义。"他们肯定是没认出我。我可是在哪儿都很受尊重。"

"别说了，泽卡。"我清理着他糊着血的脸，命令道，"再不闭嘴，这伤永远好不了。"

他又去整理头发，血污的手指摸索着浓密头发间的缝隙。我递给他一块布擦手，那只手伪造过许多封介绍信，把他的同胞弄了出来。这是我照顾他时他说的。他借了白人的身份，在通行证上签过无数次假名，一个非常葡萄牙的名字。他写得实在太好，没人能想到那些证件都出自黑人之手。

"知道了吗，伊玛尼？"泽卡如此作结，"都说我背叛了黑人同胞。我才是帮他们最多的……"

路对面有人叫我的名字。是比安卡·万齐尼。我们拥抱的动静引得过路人狐疑地对视。我没发现泽卡溜进看热闹的人群去找阿马拉尔。

"我知道你到过洛伦索·马贵斯，"比安卡说，"热尔马诺写了信给我。他已经给你寄了两封信。你没收到吗？安德烈亚没给你？"

我摇头。"安德烈亚？"我问，声音低下去，头脑一片空白。有人拽我的胳膊。是泽卡·普里莫罗索，他催我回我们的船上。他是这么说的："我们"的船。

"你去吧，泽卡。那不是我的船。"

"过来，"他坚持道，"阿马拉尔中士已经在这儿了，别让他等。"

我的手指抓上比安卡的衣服，靠在她怀里求她：

"让我留在你这儿吧，比安卡，把我藏在你那些女人里。我在这儿等热尔马诺。"

这不是什么好主意，比安卡反对道。一来，他们会来找我；二来，没人知道热尔马诺哪天从洛伦索·马贵斯过路。最后，更重要的原因是，错过了这艘船，我就再也去不了里斯本了。葡萄牙，她说，才是我该等待我丈夫的地方。

"回船上去吧。泽卡说得对，那是你的船，你仅有的船。"

我松开比安卡，任由他们拖着我走向内维斯-费雷拉号。意大利女人越来越远，路灯照亮了她的头发，我突然看见她在挥手。我知道她在大喊，但那片妓院尖锐的乐声没让我听清她想对我说的话。她手里挥舞的好像是个信封。也可能是块表示告别的白手绢。

第十一章
热尔马诺·德·梅洛给比安卡·万齐尼的信

某场战争中，派出去的士兵半途回营。将军惊讶地看着众人归来。他们为自己辩解，说没找到要守卫的边界。

"你们不知道什么是边界吗？"

"所以它在哪儿呢，将军？"

"好吧，边界……要说边界……别告诉我你们没找到。"

"正因如此，我们回来了，将军。"

"那么边界在土地终结之处。"

士兵又一次离开。他们再也没回来。

（热尔马诺·德·梅洛记录的无名故事）

伊尼扬巴内，1896 年 1 月 2 日

亲爱的比安卡：

我是在绝望下给你写信。我给伊玛尼寄去了两封信，却没得到任何答复。我不知道她是否收到了信。我是通过阿尔瓦罗·安德烈亚送的，他是海军的舰长，我相信他像相信兄弟。我没他的消息，也没有伊玛尼的。

战争扭曲了等待的人的心：我们仍难以自抑地渴望收到消息，就算确

信会收到最坏的消息。地狱也好过什么都没有。

伊玛尼不知所踪，唤醒了似乎被遗忘的愁闷。我又没了双手、没了身体、没了灵魂。有时我觉得伊玛尼找了别的男人。或者更糟：不为什么，她就已经不再爱我。这些臆想夺去了我的平静，不过没夺走希望。很快我就会在故乡见到伊玛尼。我会同她回到村子，介绍她给母亲。那时我将指着伊玛尼的肚子宣布：这就是你孙子！这就是我的新生。

亲爱的意大利姑娘，我常想起你，想起我们相识的情景。我记得齐沙沙洗掠洛伦索·马贵斯那天，记得我们如何在废墟中寻找藏身之所。狼藉中，我们一度忘记外面有个世界正在坍塌。

最近我会再去见你。我赶不上围观贡古尼亚内游街，不然那时肯定能与伊玛尼重逢。不过，我的缺席和其他人相比无足轻重。最重要的是安东尼奥·埃内斯不在现场。这位特派员大人会在去里斯本的路上听到好消息。大多数将领很快会在首都相聚。除了莫西尼奥，英雄们都在休假，为他们不得不迎击的、仅有的三场仗而精疲力竭。他们将在里斯本登陆，荣享迎接胜利者的庆典，为他们曾想方设法逃避的丰功伟绩而受称颂。

你的英雄，那个行游骑士，不会抱怨没得到褒奖。英国、法国、德国为他送来了信函、奖章和徽章，只是葡萄牙忘了让他回里斯本领受这些为他送来的荣誉。命令很明确，莫西尼奥将留在莫桑比克。战争结束了，但和他们想让人相信的不同。说不定那骑士在洛伦索·马贵斯会去看你呢？也许他会在你店里留宿呢？

请原谅，亲爱的比安卡，我没法不在意你对莫西尼奥的倾慕。和我一样，你有选择爱情的自由。但是，看在上帝分上，随便是谁，除了那蠢货！你就想想那个上尉对英国天真的向往。比安卡你知道英国人怎么看我们葡萄牙人和意大利人，他们看待我们就像我们看非洲人。

这么说吧，亲爱的朋友：一个国家越受压迫，就越难挑出英雄。倒不是因为没有，如果有一种人遍布这些国家，那就是英雄了。葡萄牙的英雄

58

比民众还多。挑选难在怕得罪人。

在这场喧闹的庆功会里，帝国藏起了它动荡、晦暗的未来。他们抓了贡古尼亚内，送他走上无尽的流亡。要有宽广如大陆的巨船，才能救非洲于欧洲人和非洲人自身的贪婪。

对葡萄牙来说，那个加扎首领一直是个麻烦，不是因为他做了什么，而是因为他不让做的事。他被抓去没几天，我们的士兵就在各村庄奔走，征收所谓"茅屋税"。现在每家得交上半镑，听着不多，但对生活远离钱币的农民来说是笔巨款。女人哀哭，长者叹息：为了挣工钱，人们将不得不奔赴德兰士瓦矿区。缺乏公务人员，便从洛伦索·马贵斯调去了士兵和本地军官。你我都了解他们的手段：威胁、索要酒水、叫人杀鸡杀鸭。他们还带走了牛瘟里活下来的母牛。

我亲眼见过其中一支队伍进村，葡萄牙士兵就坐在石臼上，这东西在这儿也被古怪地叫作"捣臼"。"别这样。"有个老人请求。把石臼当座椅是严重的渎神，是对当地习俗的冒犯，那农夫谦卑地向税务官解释。士兵没动，盯着那叫苦的人，说："我会改正我不经意犯下的错。"他放火烧了房子，连同这可怜人家的全部家当。火势失去控制，蔓延到了整个村子。我希望这事是个例，但这种傲慢现在随处可见，那些曾受加扎暴君压迫的人已经怀念起他。

这封长信接近尾声了。可能我啰唆了，因为感到在非洲的逗留已快到尽头。我承认，我为离开这片土地而遗憾。事实是莫桑比克在离我而去。我没带着功勋的荣耀回乡，也没有了不得的故事可讲。战争给士兵的唯一补偿，是在他身上与其他战友建立起的联系。我连这都没得到。我曾是个没编制的士兵，独占一片已死的空营。我得到了一份爱情、一个孩子，你会这样说。我要补充，我还认识了你。

从葡萄牙到莫桑比克途中有段插曲，我只告诉你，因为我也许永远不会有勇气与伊玛尼分享这段回忆。路过开普敦时，一个深肤色、厚嘴唇的马来女人叫我到楼梯间，用力把我拽到她身上，给了我一个长长的吻。"这是个'war kiss[1]'。"她低声说，然后消失在暗处。这个战争之吻本该在未来的战斗中为我带来好运。最后没能有战斗。然而，直至今日，那个吻仍在孤寂长夜中救我于自身。

我在非洲得到了对睡眠不容延缓的渴望，还有对入睡不可救药的恐惧。我阖上双眸，亡魂就在我心中睁开硕大的双眼。只有那个永不终结的吻中的甜蜜还我安宁。

你最忠诚的朋友向你告别。

热尔马诺·德·梅洛

另：说不定事出巧合，我亲爱的朋友会在洛伦索·马贵斯的庆典上见到伊玛尼。那样的话，求你提一提我和我寄给她的信。如果她没收到，让她多找船长，要回属于她的东西。不管怎样，为免不测，我为这些信留了备份。复件附在了这封信里，上帝保佑，请转交给伊玛尼。

I 原文为英文，"战争之吻"。

第十二章
露水中的脚印

……好几十年前，你的先祖是指挥军队抵抗祖鲁入侵者的伟人，但被迫向占领了土地的祖鲁征服者屈服，向他们缴税。[……] 压迫我们的祖鲁人贡古尼亚内想赶走白人，但被他们捉住，送去了北方。没人再见过他……

（莫桑比克解放阵线党首任主席爱德华多·蒙德拉纳幼时其母所述。见奇特兰戈·奇安巴内、安德雷-丹尼尔·科勒克《奇特兰戈：领袖之子》，马普托，1990）

我们——我和泽卡·普里莫罗索，乘小船返回内维斯-费雷拉号。阿马拉尔中士亲自持桨。沉默似乎缩短了路程。小舟撞上内维斯-费雷拉号船腹，发出熟悉的声响，像是旧锡皮水桶落进我童年的井。我又看见自己在故乡，肩膀接住天空的重量。女人的头上已经顶起多少云朵？

我顺着绳梯登上甲板。眩晕袭来，和在树顶猎杀蝙蝠时折磨我的同样。我在攀登我的过往，我想。要是一脚踩空，我不会掉进海里，只会落在童年的地面上。父亲还在张开手臂保护我。他的双臂变长了，环抱着整个世界。

我与普里莫罗索告别，摸黑向前，直到被一道人影拦住。是达邦狄。她坐在甲板中央，盯着自己的脚。"看！"她兴奋地叫道，"看这儿，地上有个脚印！"我俯下身，不能置信。路面是铁制的。达邦狄执意指向只有她能看见的东西。"我儿曼格则曾坐这艘船航行。"达邦狄像猎人一样解读地面："我的孩子从这里走过，还坐下来哭过。他在悲伤和饥饿中躺下。"

我扶她起身。她没看出我要帮她，以为要斥责她。她说明了想法。那一刻，她不再是先知，而只是思念孩子的母亲。我想象出了那个场景：黑人少年独自登上一艘船，在神圣的大洋上航行，身边全是白人。那块甲板上原样留下了恐惧的脚印。

CR

对王妃来说，毫无疑问，那艘通体铁制的船是用大炮和机枪的残骸铸成。船外闻起来是海滩的臭气，内部则是火药味。王室里其他女人都不记得生过几个孩子。唯独她仅有一子。他那么柔弱、那么渺小，在用大炮残骸建成的地方，什么能予他庇佑？

我看向达邦狄，心想：年轻的王妃消失了。世道公正的话，是个女人就能做王妃了。但王妃是全天下最悲伤、最贫乏的女人。她需要丈夫的贪恋才能感觉到自己的存活。所以王宫里的女人都必须美丽。达邦狄很漂亮，但她清楚，她的美貌在无依无靠的境地中十分短暂。于是她模仿影子，每天消失不见。幻象不会衰老。她想让她的丈夫，那个国王，看到她如海上行走的幻影。

CR

"国王要见你。"达邦狄说。

"见我？"我问。

"他没有一天不在梦里见到你。"王妃回答。

达邦狄带我到船长的房间。恩昆昆哈内在那儿，已经被问过话。讯问很顺利，这样才能解释阿尔瓦罗·安德烈亚留加扎国王占用他的房间。恩昆昆哈内让达邦狄离开。恩古尼国王有些不安，他的堂卡洛斯国王兄弟没理会他的请求：齐沙沙还和他共用一个房间，在黑暗中睡着觉也盘算着害他。"他们没把我的信送给堂卡洛斯。"他坚信有人背叛了他，把信送到了别人手上。"信还到不了里斯本。"我说。我说的话是徒劳，恩昆昆哈内只听得见他自己。

"你要再写一封信吗？"我问。

加扎国王微笑，示意我看一张纸，说："你来晚了，姑娘。安德烈亚刚帮了我。我告诉了他一些秘事，作为交换，他替我写了这封信。"充当翻译的是戈迪多。他对葡萄牙语懂得少些，国王说，但更明白什么是忠诚。

"你已经选了别人来写，还叫我来干什么？"我问，意外地愤怒。

我为他们选了别人代写而不快，这令我惊讶。那时我意识到，书写颠覆了等级：口述书信者的权力不及把信写出来的人。

国王靠在我身上，暧昧地摩擦。我一动不动，等他停手。他让我抚摸他的膝盖，对我没立刻照做感到意外。

"膝盖，"国王重复道，"我会告诉你为什么男人需要一副好膝盖。"

奔赴战场前，家里做父亲的要跪在妻子面前，让她说出她情人的名字。战士要一直跪着，直到得到关于不忠的忏悔。如若一名士兵不幸战死，就说明他妻子撒了谎。

"这故事有一点不对，我的国王。不会有男人在女人面前下跪。"

恩昆昆哈内大笑，愉悦于我的失态。"你什么都不懂。"他说。"那些一家之主的请求并非面对妻子。女人自古就撒谎。男人下跪，"恩昆昆哈内说，"是为了让女人以为他们在示弱。"

国王信口胡诌时，我慢慢走远。等他发觉，我已经在房间对角了。

63

"不浪费时间了。"恩昆昆哈内说,"我只是想让你念念我向安德烈亚口述的信。我想确认他写了什么。"

良久,我才接过他递过来的纸。我端起了架子,母亲会这样说。从一开头,我就发觉安德烈亚过分美化了文章。我们都把恩古尼国王的话写得太像葡萄牙语了。我慢慢翻译给一旁的恩昆昆哈内听:

我的兄弟,葡萄牙国王:

我要跟你说说背叛。这难道不是令全世界国王最费心的事吗?事情向来如此:王室和谋杀他们的凶手,血管里流着同样的血。

这段行程一开始,我就带着个叛徒拴在身边。这个结不是白人的手打上的。为此,我要感谢你允许我忠诚的副官、年轻人恩戈与我同行。你我都清楚,厨子的外表下藏着另一重身份:为国王试毒者。我们必须认识到,我们滥用了这件无声的武器。我们在太多井里投了毒,最终杀死了自己的人。让我们保守这个秘密。这是下毒的另一个好处:死亡发生在远处,在不属于任何人的时间。

我再次请求你,在伟大的旅程即将开启之际:让齐沙沙离开我。让那该死的姆弗莫人离远点,待在看不到我的睡眠、听不见我的梦的地方。那群狱友已经见过我睡觉、吃饭、排泄,我在他们面前还能有什么威严?请你,我的兄弟,堂卡洛斯,让那叛徒离我远点。让那家伙消失吧,没人会注意到,也不会有人反对。和我们用了太多毒药一样,这会是你我之间的秘密。

加扎国王

洛伦索·马贵斯,1896 年 1 月 4 日读毕，恩昆昆哈内观察我的脸，想从我身上读出纸上他无法读懂的东西。"你觉得我说谎了吗，恩科西？"我问。"我保证，我没说一句假话。"我坚定地重申。

"我知道，"国王说，"我知道你为什么变得跟白人一样。"

所有关于我，关于伊玛尼·恩桑贝的传说，都是假的。国王说人们知道我的过去。恩昆昆哈内说，我的童年并非在远离父母和家乡的天主教堂度过。我变成这样，这么像白人，是巫术的杰作。

"达邦狄认出了你的真面目，"恩昆昆哈内接着说，"没谁比女巫更能认出另一个女巫了。"

他再次油腻腻地贴上来。我感到他掠夺的目光吞食我的身体。"你是个女巫，伊玛尼·恩桑贝，这才是你。"恩昆昆哈内断言。

"你也知道我们会对女巫做什么，要么杀了，要么……"

他靠在我身上，手掌摩挲我的脖颈。我不知道他在抚摸还是威胁我。肥硕的手指从肩膀往下滑到腰上，然后滑到膝盖，停在那儿。"把你的卡布拉娜褪下来。"他下令。

我在听到了心里另一个女人的声音。那女人说，我应该假装顺从。我一直深恨的国王现在是盟友。我去里斯本与心爱的男人重逢的路途，将与他为伴。我照做了，解开卡布拉娜，在他耳边说：

"你母亲因佩贝克扎内太后告诉我，一个丈夫该担心的不是情敌。情敌可以夺去妻子，但酒精会夺去男人的灵魂……我说的你明白吗，我的国王？"

他听见我的话，手上突然撤了力气。他暴怒地跺脚，起身推开我。

"你算什么人，"他大吼，"就来说我母亲？你不过是个乔皮人。你的族人被白人统治了。"

65

他转而开始威胁，说要写信给葡萄牙国王，让他把我遣返莫桑比克，再派个新的翻译。还有，葡萄牙人已经表现出对泽卡·普里莫罗索的偏好了，因为这些工作应当由男人来做。

"你朋友安德烈亚船长走了，现在应该已经在岸上。他留了这封信给你。"恩昆昆哈内说着，递给我一个信封。

第十三章
阿尔瓦罗·安德烈亚给伊玛尼的信

贡古尼亚内同意服从我船上的号令，只求别砍掉他的脑袋，保住他那些儿子和叔父的性命。我曾郑重地履行这个军人间的神圣约定，后来在沙伊米特又怯懦地背叛了它。在那里，与国王一同投诚的克托和马尼乌内王叔被违誓射杀。

（节选自《参与洛伦索·马贵斯战役并与贡古尼亚内作战的海军舰队，1894—1895》，阿尔瓦罗·苏亚雷斯·德·安德烈亚所撰报告，发表于《海军俱乐部年报，1897—1898》）

黑人马尼乌内和克托死得英勇无畏。他们倒在枪口下时，炮兵中尉阿尼巴尔·米兰达走向两人，用剑刺穿了他们的心脏。他就这样在士兵面前虐待无还手之力的濒死者。这一事实构成了对战争法则的严重侵犯，足以被军事法条判处死刑。[……]这些被枪杀者值得他们的同党为其立像，因为他们在战斗中不曾倒戈，是能战斗至死的瓦图阿好汉……

（阿尔瓦罗·苏亚雷斯·德·安德烈亚船长，文章发表于1908年12月27日报纸《自由党人》）

洛伦索·马贵斯，1896 年 1 月 5 日

亲爱的伊玛尼：

我是阿尔瓦罗·安德烈亚。这封信既为表达感谢，也想请求你的原谅。我为曾经利用你而感激，也因此感到羞愧。那时我受对莫西尼奥盲目的仇恨驱使。也许我夸大了这份不满。我对这个对手做了葡萄牙对贡古尼亚内做的事：抬高他来为我的生活赋予意义，渲染他的胜利来忘记自己的失败。

我还有一千个问题没问你。比如，莫西尼奥在沙伊米特真的被人撞见醉酒吗？他真的问过女巫，卜问了自己莽撞行事的结果吗？在去林波波河的路上，这些俘虏真的一直遭受殴打吗？

让我们忘掉这些问题吧。毕竟这封信另有所图，也许是最自私的企图：我想给你看看战争在我心上破开的创口。告诉你这些，也许是因为你是女人，是黑人，只是你的阅读就能减轻我的痛苦。

过去两个月里，我曾是所谓"林波波河舰队"的一名船长。我们的任务是轰炸河两岸的村子。我们确实这样做了：枪炮每天都让航船震动。同时，如水彩画般不真实，巨大的火光笼罩天空，岸上升起的浓烟预告白日落幕。

致命的大雨结束后，我的士兵跳下船，像退潮后现出的甲壳动物一样在平地上四散。黑人看着人影在浓雾中前行。他们看见的是体格硕大的螃蟹，钳子举着烧起的火把，点燃屋舍和庄稼。几十个村子被夷为平地，渔船沉入海底。

我在船上看一团团烟云，半张十指护住面部。我担心被火星溅到，瞎着眼回葡萄牙。但我已在不知不觉间失明。水手们给我带来有关破坏活动的消息，谈论的从来不是被摧毁的军事基地或丧命的士兵。死去的是手无

寸铁的平民。他们说完,我周身只有黑暗。我是个海军舰队的船长,职责本该是走访各村估算损失,本该有勇气安葬死者、救助幸存者。我什么都没做。我麻木地站在原地发抖,直到一名士兵拉着我的胳膊,带我回到帐篷。我倒在行军床上,像是坠入最后那道深渊。

我太为这罪责难过,甚至在贡古尼亚内同意归降时,都没觉察那转折的意味。我本能更谨慎地估量恩古尼头目的可靠程度。但消息十分明确:如果国王及其亲属都免于恶劣处置,他就会出现在我的船上。我口头许诺说事情必将如此。这是我的承诺。但由于莫西尼奥的错,事情与预想的完全不同。

这就是我内心承担的重压,亲爱的伊玛尼。前几天,有名水手试图宽慰我。他以为我的低落是因为爱情遇挫。我宁愿如此。我的感情生活向来一片荒芜。我记起一位神秘的美人,曾雷打不动地出现在里斯本的码头上。我还以为她是来送别某个水手。后来我得知,每艘船离港时她都这样。她身着丧服般的黑衣,在码头待到所有人回家。直到船在视野里消失,她才离开港口。我的一位副官说,她是很久以前在非洲土地上丧生的海员的遗孀。渐渐地,那女人获得了盲人般的目光,地平线成了她唯一认识的土地。后来,副手确认说,那个"等待者"(他这么称呼她)是来为我送行。那女人向他透露了我与她相见的情景。我请他保密,因为我会自己去找她。然而,那谜一样的人再也没在码头现身。据说她疯了,被关进了收容所。我从未探望过她,甚至没探听她被收容在何处。我害怕认出她,也怕她认出我。勇气不因被想起而生出,亲爱的。勇气并不居于头脑,而在母亲腹中出现。

我现在要承认,那女人从未存在过。我捏造了这个人物,多年来维持着这场表演。我编造出这个故事,讲了太多遍,最终相信一切都曾发生。虽然是谎言,但那种有人在等我的慰藉始终真切。

只有求而不得的爱情才是值得讲述的故事。就像我感到痴迷于你,无数次让我想象，在某次不可能的航行中的某个码头，是你在等我。

如今我还会向同伴讲述那个曾活在由等待构成的爱情里的女人的事。我上次讲的时候，正在林波波河上航行，一名黑人水手说："我也有个故事要讲。"他说起一个传说，有关他的村子，就在那附近的林波波河边。从前，他开口道，天穹一片黑暗，没有一颗星星。一天，一个姑娘思念得发狂，决定在黑暗中赶路，去找她的爱人。半路上，她点起火堆，烧到前所未有的高度。世上再没有更多柴火时，她把蔽体的衣服扔到火堆顶上。她脱光了衣服，烧旺了火，看见火星升上夜空。星星就这样出现。

"你为什么给我讲这个故事，年轻人？"我问。那水手指着最近的河岸，回答："一天夜里，从这艘船上发射出的炮弹，像星星一样照亮了我的村子。""那些星星，"他继续道，"挑起了孩子们的好奇心。他们兴奋地跑到院子里，一个也没活下来。"他顿了顿，最后说："因为那些星星，我将永远不能离开这艘船。"

那水手的意图很明显：他想把内疚的刀子扎进我心里。但事情的发展恰恰相反。他的话为我指明一条出路：既然不能弥补我的罪过，那就该我承担惩罚罪人的义务。我决定，不仅要承认我的错，还要揭发我们的海军犯下的暴行。我向特派员寄去了那份文件的初稿，没指望能有回应。信使给我带来安东尼奥·埃内斯的驳斥时，我惊讶万分。这里誊录一段他的答复：

"在任何文明国家，实施像我们的林波波河舰队这样的战争行为，不仅会被人性原则谴责、被有荣誉感的骑士反感，还会激起代统治者受过的民众的复仇斗争。然而，非洲没有出现这些抗争，因为只有崇高的道德感、正义感和荣誉感才能激发反抗，而黑人缺乏这些。"

我本该向你避讳冒犯你的种族的话，但我想让你知道那些我的上司是怎么想的。安东尼奥·埃内斯回复之后，我放弃了以书信形式抒发不满，专注于撰写有关莫西尼奥·德·阿尔布开克不道德行径的报告。我虽天真，但不愚蠢，知道没人想看到这种检举。沙伊米特的奇袭，我称之为"沙伊米特事件"，是王朝的救命稻草。必须冷却欢庆的氛围，让人们相信这个杜撰的英雄史诗的另一个版本。

也许莫西尼奥已经给你讲过他在兰格内哨所见我的事。当时是圣诞节，那个英雄上尉不停地取笑我出于关怀为我们的士兵筹备的宴会。他向我借了把剑，滑稽地一刺，把剑插进了沼泽。米兰达中尉拾起了剑，又不小心带去了沙伊米特。不可思议的事发生了，亲爱的伊玛尼：他们正是用我那把剑，刺穿了两名被枪杀者的心脏。我闭上眼就能看见血。那把剑夜夜击打我的睡眠。

明天你不会在队伍里见到我。我将远远地待在林波波河边。我会无法忍受那些猴戏般的展出。事实上，那和其他欧洲孔雀的耀武扬威也相差无几。好一场大梦！我们担任一块自己并不熟识的大陆的主人。欧洲已经征服非洲不过是个谎言，人们把愿望当成了现实。我们只掌握着海岸附近小而分散的贸易点。我熟悉那些贸易点，屈指可数。余下的大陆仍旧全归非洲的大小国王统治。像是神秘的女人，两个非洲交替出现，夜里一个，白天一个。而我们一个也不了解。为了维持正在统治的表象，我们必须在里斯本街头展示加扎国王。那不是放逐，而是市集。

甚念。

阿尔瓦罗·安德烈亚

第十四章
游行与疯癫

有人在穿过树林时遭遇歹徒袭击。他们殴打他，脱下他的衣服，挖出他的眼睛，把他绑在树上。午夜，不幸的人的双眼开始顺着他的腿往上爬，想回到脸上。那人感到眼睛在他身上攀爬，请求让他安生一会儿。"请别回来，"他恳求道，"我不想再看什么了，再也不想看见这世界了。"

话声刚落，他听见动物靠近来的低吼。他瞬间被吞噬。骨头也没留下，只剩几根缠在树上的绳子。没了寄寓的躯体，那双眼转而在丛林中漫游。正是通过这双眼，林中的行人看见自己的梦。

（达邦狄的讲述）

很久以前，我就忘记了自己的种族，远离了我族人的习俗。但我保留了黑女人的坐姿：两条腿并住蜷起，膝盖上下交叠。国王的目光盯在我身上，估量我对旧日的威权还有多少忠诚，打量我恭敬交叉着的双手。

到早上了。没几个小时前，我们还在船上。那些俘虏走进城市时松了口气，王妃们甚至微笑起来。但愉悦十分短暂。只是换了牢房。此时，在洛伦索·马贵斯监狱后面，俘虏被分成两组。一名安哥拉军人边吼边推搡：

"兰丁人一边,瓦图阿人一边!"

"这儿没有这些人[1]。"齐沙沙嘟嘟囔囔。

恩昆昆哈内与家眷聚在一棵杧果树的树荫里,恩瓦马蒂比亚内·齐沙沙和三个妻子则坐在另一棵树下。

齐沙沙出言讥讽:恩昆昆哈内不该考虑重登王位,倒该让妻子给他穿上白人的军装。"还是说,"他问,"加扎国王已经不再是葡萄牙军队的中士了?"

他想羞辱国王,贬低众王妃。齐沙沙不知道的是,他自己,素有威名的、骄傲的反叛军,已在当天被编入葡萄牙军队。从那天起,那群俘虏就都是他们昔日敌军的一员。严格来说,他们都该在即将来临的阅兵中穿军靴、着军装列队行进。但是,与此相反,他们将光着脚、几乎赤裸着游街。种族将是他们的衣装,唯一为殖民地众人所知的衣装。

我走向恩昆昆哈内。做国王的需要花上一段时间才能注意到来人。来访者是女人的话,则要更久。我早知他的任性,所以并不为等待不快。终于,恩昆昆哈内轻轻摆头示意,让我开口。

"他们让我来向你说明庆典要怎么办。"

"他们会绑着我去吗?"国王问。

本该是我来提问,挖出他的秘密。他们派我来,是要确保庆典不被阴谋侵扰。我毫无审视他人的能力。国王五官皱在一起,在地平线上搜寻,想找到畜栏与牛群。他没见到一头长角的牲口。到底是什么鬼地方,除了人什么都没有?

七个妻子忙着在国王的长发上束上王冠,没有分担丈夫的不安。恩昆昆哈内可以受缚游街,但不能被夺去他的希德罗德洛。世上没有哪个理发师的禀赋比得上这些女人。缠绕王冠的丝线由极珍贵的材料制成:牛

I 兰丁(landins)和瓦图阿(vátuas)来自葡萄牙人对众俘虏所属民族的命名,而非各部族自称。

脊上抽出的细筋。牺牲多头牛才能得到十根细线，再一根根系在国王头发上。恩古尼贵族都戴蜡制的王冠，但没有一顶编着这样讲究的丝线。

达邦狄离开围坐的人群，给我一葫芦乌干尤酒。我先是拒绝，知道自己喝了那种据说最能催情的酒后的反应，但最终让步了。

"他们会让英国人来吗？"国王问道。

答案显而易见：庆典主要就是给英国人看的，给那些垂涎莫桑比克殖民地的英国人。按里斯本的说法，他们一直在加扎国王背后。

"知道今天是什么日子吗？"恩昆昆哈内问。没等我回答，他接着说："今天是初果节，庆祝第一茬收获的节日。"

这场盛会不属于葡萄牙人，而是他的，是人们向他致敬才举办的。白人只是准许了。他们也不能禁止。葡萄牙人买了单，但庆典与他们相悖，被罢黜的加扎国王如此认为。他抬起手，下令：

"去这么告诉你长官：葡萄牙人打败了我的士兵，但没卸下我们的神的铠甲。"

我想：国王真是醉了。他再斟酒时双手颤抖。"喝啊，姑娘，"他鼓动我，"这是我们最后一次畅饮我们的酒了。"

恩昆昆哈内兴奋起来。梳到一半的发型显得他有些滑稽，一绺竖起的头发还高耸在天灵盖上。

披头散发的国王来回踱步，高谈在他曼德拉卡齐的王宫里那场庆典会如何如何。会是他来挑选将被献祭的牛。他会遵照习俗选几头母牛。斩断牛颈之前，得先夺去牛的视力。那些祭品不能目睹死亡，否则肉会变硬。他悄悄请求我，让葡萄牙人在杀他时也这么做：先挖去他的双眼。恩昆昆哈内说，大祸临头时，不可视物即是奖赏。

他那些妻子听见这话时的恐惧并不奇怪，我惊讶的是被废黜的国王对游行准备工作的熟悉程度。例如，他知道曾试图夺位的勇士希佩伦哈内那时正在城里扫大街。

"你们那位大英雄，那个希佩伦哈内，答应了与葡萄牙人结盟。"国王议论说，"现在他是白人的奴隶。他们派他为我的庆典服务，他就是我的奴隶了。这就是胆敢与我作对的下场。"

葡萄牙人确实可以缚住国王，让他远离他的军队与宫廷。事实上，他仍拥有比火药更得力的武器：消息与流言之网。向他说起那乔皮族领袖的人所言非虚：我刚刚遇到过希佩伦哈内。他在总督府门前，手里是拖把和水桶。我们曾经的一族之长，帮葡萄牙人击败恩昆昆哈内的人，现在是无名的仆役。我向他问好，心里又惊又痛，他看起来却不觉得耻辱：

"我在帮忙庆祝我最大的敌人被囚禁。对任何一位对手来说，这不都是高兴事吗？"

比布莉安娜的预言终究实现了：希佩伦哈内被葡萄牙人从前虚伪的尊敬蒙蔽。正如她所预见，那是我们所有人的缩影。我们，贫穷的黑人，正为别人的盛会清扫这个世界。

❧

我没想到世界上有这么多白人。说实话，黑人也是。现在我见到了，他们全都发了狂地为在本市唯一的大街上游行的葡萄牙军队欢呼。各种族的士兵都向主席台敬礼，上面满是殖民要员。主席台中央，各国外交官员簇拥着临时总督科雷亚·兰萨。几个荣誉座席留给了停泊港内的英德巡洋舰舰长。主席台周围聚集着葡萄牙与英国记者。台上唯独少了最有权在上面的人：莫西尼奥·德·阿尔布开克上尉。总督为他的缺席慌了神，咬着牙迭声下令：

"去叫莫西尼奥！去叫他，快。大家都想为他喝彩。"

有机灵的官差动身去找那位英雄。我知道他们会在哪儿找到他：他正坐在临终的卡尔达斯·沙维尔少校床前。前一天，莫西尼奥对我坦承，那是最坏的庆祝时机。葡萄牙进军莫桑比克的伟大推进者染上了热病，性命垂危。莫西尼奥脑中掠过一个念头：生活由别离构成。卡尔达斯·沙维尔在赞比西亚鸦片公司做了几个月经理。数月以来，一望无际的罂粟田助这位葡萄牙少校入眠。现在，他眼底那片红色的花海褪去了色彩。

对白人来说，卡尔达斯·沙维尔败于疾病。对我们黑人而言，他是受一项委任所害。在我们的土地上，人们不因"什么"而死，而是死于某个"谁"。死亡没有缘故，唯有其始作俑者。

CR

莫西尼奥·德·阿尔布开克终于公开露面。他没向那群贵人致意，就穿过主席台，走向人群。他与我目光交会了一瞬。我向他颔首，感谢他为我留了靠近主席台的位置。莫西尼奥僵硬地立在台沿上，胸腔中艰难发出颤抖的声音：

"我配不上这些呼声，"他开口道。他的声音越来越大，"不要在一名军人临终时向另一名军人致敬。"他悲恸地宣布："先生们，卡尔达斯·沙维尔，最英勇的葡萄牙人，大限将至。"

他稍做停顿，仔细擦掉脸上的汗，接着长叹一口气，迟疑道：

"我羡慕他的好运，因为他为祖国而死。"

此时人群中传出高呼："我们也是葡萄牙人！"我望向喊叫的人们涨红的脸。他们仿佛发了狂，脸红得像改换了种族。天气太热，经不起这样炽热的爱国情怀。我这才明白，那里庆祝的不止战场上的胜利。上尉曾给人们带来的，是疗愈惨淡生活的灵药。

突然，不知是炎热还是酒的缘故，一阵眩晕让我险些摔在地上。我没人可扶，四周全是不能触碰的人。我闭上眼，眩晕并不停止。我该拒绝喝太多乌干尤酒的。后悔为时已晚。

讲演结束，非洲人获准在对面的人行道上游行。我靠在台柱上，眩晕加重，世界变得遥远缥缈。鼓声响起，女人疯狂舞动，各种语言的歌回响。黑人的喧嚷震耳欲聋，令俘虏比白人更恐惧地瑟缩。哪怕恩昆昆哈内已经踮起脚大声嚷嚷，那些俘虏也还是意气消沉。国王被狂热的灵魂控制，他的话白人一个字也不懂。失去神智的国王宣称：那条大街上正举办的不是阅兵，而是庆祝第一轮丰收的欢宴。"万民之王在此。"他愉悦道。

加扎国王指向我，让我给白人解释他兴奋的缘由。黑人在按习俗向他致敬：在这百无禁忌的一天里辱骂他。那些译不出的污言秽语，只是在证明他无上的权威。

鼓声令我起舞，地面摇晃如醅醉的海。最激越处，我在大道中央欢跳。我的心变成鼓，身体不再属于我。环顾四周，一片昏暗。成千上万来观礼的黑人中间，我分不出那些俘虏。人们全混在一起，无论在哀哭或欢庆。君主与奴仆共舞，昔日战场上的敌对双方，在这座白人的城市相拥。人们右手拿祖鲁人的短矛，左手执恩达乌人的半月形斧子，肩上背着的弓曾被我们乔皮人用来抵抗恩古尼人的侵略。所有人都舞动着曾将他们置之死地的武器，好似挥舞胜利的旗帜。被征服者由不幸汇聚，占有了这座城市。非洲攻克了欧洲人的这座堡垒。希伦吉内吞食了洛伦索·马贵斯。

那群殖民官员护住帽子惊慌溃退，仿佛暴雨倾泻。白女人脱了鞋赶上奔逃的丈夫，纷纷在总督府里寻找藏身之处。

我靠在台边，希佩伦哈内手舞足蹈地经过。他身后跟着边走边做祷告的比布莉安娜，还有我逝去的母亲希卡齐，拖着那根绞死了她的绳子。这两个女人穿过大街来拥抱我。女先知比布莉安娜与我耳语："这些跳舞的人，是在马拉奎内、马古尔和科奥莱拉阵亡的战士。现在他们齐聚一处。

这是亡者之师，他们永不缴械。"

我抓着母亲的手放在肚子上，哀哭道：

"妈妈，帮帮我，带我回我们的家。"

"没有回头路，孩子。庆典结束后，黑人会把你视作叛徒虐待，白人会因无法补救的肤色缺陷将你舍弃。这是你已选择的命运，伊玛尼。"

两个女人跳着舞消失在人群中。我失魂落魄地爬上台子，大喊：

"救救我，看在上帝分上，救救我！"

那尖利的呼救不只是呼喊。那是我以分娩的力气吐出的灵魂。人群骤然安静，无边的喧嚣收起，像蜗牛缩进壳里。我摇摇头，仿佛清理自己的内里。我终于复归自身。

我面前坐着那群白人权贵，目瞪口呆地看向我。周围的人群茫然等待后续。按我家乡的说法，静默里打了个结。一定是我的样子叫人认不出，莫西尼奥才一直无动于衷。

"这黑女人是谁？"总督问道。他命警察抓住我。此时，比安卡·万齐尼冲上高台。意大利女人匆匆俯身行礼道："诸位大人，这姑娘病了，我带她离开。"

莫西尼奥没说话，抬起手又放下，表示准许。我跟着意大利女人穿过好奇的人群，人们为躲避疫病向两侧分开。比安卡带我走在城中僻静的路上，急于远离那片欢腾。半途，她停下脚步，双手搭上我的肩膀，似乎累坏了。她止住哭泣，问我：

"你怎么了，孩子？"

ᘓ

比安卡的欢场里空无一人。我穿过一道道走廊，走过一个个贴着粉色墙纸的房间。她让我试穿红绸衣，给我戴上黑色长手套，称赞我的身材，为我没接受她做夜店女郎的邀请而惋惜。我用戴着手套的手示意：

"我怀孕了，我的身子很快就全是肚子了。"

她从抽屉里拿出几张皱巴巴的纸。是热尔马诺的信。意大利女人试图理清："这些是热尔马诺亲手抄的。"

我被心脏撞得摇摇晃晃，双手拿不住她递来的纸页。"我昨晚想给你的，"意大利女人说，"但他们一路拖你上了船。"有什么滴在我的鞋上。那些信湿透了。纸张从我手中坠落，重如死物。

"为什么把这些都弄湿？"我问。"还滴着水，让我怎么读？"

比安卡目光哀切，仿佛认不出我。"这些纸上，"她说，"一滴水也没有。"她想触碰我的脸，但犹豫了。她想抚摸我的头发，又缩回了手。最终，她温柔地叫我：

"把信还给我吧，伊玛尼。让我读给你。"

我把滴着水的纸递给她。意大利女人不可置信地盯了我一阵，摇摇头开始读。她的嘴唇在动，但我耳中只有河流的声响，就在那条河上，我曾与热尔马诺交欢。

信读完了，我心里空空荡荡，只剩下对阿尔瓦罗·安德烈亚压抑的怒火。他怎么敢扣下不属于他的东西？我在房间里打转，咒骂那大眼睛的船长："我要杀了那白人！"

"冷静点，孩子。"比安卡说。她让我坐下给热尔马诺写信。"我会把信给他，"她说，"等他路过这里。"

良久，我脱下手套，像蛇离开皮肤，悲伤被一道拖走。我想写信，却不知道如何下笔。对安德烈亚的恨甚于对热尔马诺的思念。我晚点写，我向意大利女人许诺。她的手卷起我卷曲的头发，我像初见时那样融化在这温存里。

"今年我就去里斯本看你。"比安卡说，"我也要走了，回意大利去。"

比安卡打开窗户，叹息与从窗框落下的灰尘混在一起。"莫西尼奥想离开人间，我只盼离开非洲。"

她作势凭窗眺望，伸手抚摸窗帘，像是在寻求慰藉。

"上尉想要的，"她说，"不是死亡。"

莫西尼奥在等待永不会发生的爱情。所有人都在谈论他注定无果的爱恋，女主人公是唐娜·阿梅丽娅，那位远在天边的葡萄牙王后。"至少他还在等。"意大利女人叹息。

比安卡埋怨生活，埋怨这座曾救下她的城市。她注视着熙熙攘攘的街道。那个钟点，白人和黑人还共享同一空间。

"知道你家乡什么最让我厌倦吗，伊玛尼？是孩子的哭泣。"

在别处，比安卡说，孩子哭起来像学会了祷告，是希望事情变好。非洲孩子不同。他们无声地哭，向自己哭，仿佛行将就木。他们的泪仿照他们的肚子，浮肿却空空如也。

"我会回意大利，人们总得回家。"她苦笑，"我第一次回去时，村子里没人认出我。"

"你在外面太久了。"我这么解释。

"不是时间的缘故。他们认不出，是因为我回去时高高兴兴。"

意大利女人折起热尔马诺的信，放进口袋。她的衣服上洇开一片墨渍。

第十五章
顺从的悖逆

神父们说，我们死后会去往天上。我的天在地上，伊玛尼。我每天都踏在我未来的居所上。我已在天上生活了很久。死后，我想去别的地方过。

（齐沙沙）

你是个蠢货，亲爱的阿尔瓦罗。我本可以简单地无视你。但生活教会我，我们最该怕的就是蠢货。

（摘自莫西尼奥·德·阿尔布开克致阿尔瓦罗·安德烈亚的信）

我在妓院的床上过了夜，用的铺盖从未招待过任何人的睡眠。我早已忘了床为何物。也许正因如此，我才睡得那样久、那样深。

清早，我在阿尔瓦罗·安德烈亚温和的嗓音里醒来。这葡萄牙人等到游行结束才上岸。

"你在我房间里干什么？"

"我给你带了件礼物。"

"你带了那几封信给我？"

"信？"

"热尔马诺的信。"

"我得坦白一件事，"安德烈亚说，"那些信已经不在我这儿了。莫西尼奥拿走了。"

安德烈亚船长看上去有些消沉。他承认，没把信给我，曾是想用作筹码，让我为他作证。渐渐地，他发觉这拖延另有缘由。他坦承心怀期盼，以为我会忘记热尔马诺。

"请原谅，伊玛尼。我背叛了伙伴，又辜负了你这个朋友。"

他接着说下去，仍低着头。不被爱的绝望令他的灵魂堕落。爱能移山，但不爱造出深渊。这是热尔马诺的感叹。

"出去，船长。"我轻声道。

他抬起手臂，姿态强硬，不再请求我。他让我听他说话。他讲了他的遭遇：几天前，莫西尼奥撞见他往衣袋里藏字纸，以为那是检举自己的报告，就命人搜检他的制服口袋和房间里的抽屉。就这样，莫西尼奥拿到了热尔马诺的信。他没再还回来。

"那你怎么没要回来？"

"我这辈子都不会欠那盗名者的人情！"安德烈亚说，"我知道热尔马诺不会原谅我，你也会恨我。但我没别的办法。"

"出去，船长。"我不耐烦地要求，"拜托，让我自己待着。"

葡萄牙人不为所动。过了一阵，他向我伸出手臂，亲昵得像未婚夫：
"来，我带你看看这座城市。"

我拒绝了，客气但坚决。"我不想看见你，"我说，"也不想和你说话。"

CR

透过窗子，我看着阿尔瓦罗·安德烈亚走远。我承认，他是个很好看的男人。他身上有股柔弱无依的气质，与军人身份很不调和。他这些气质

令我困惑。

我过了一会儿才出门，没发觉自己穿得多不得体。昨天在我看来闪闪发光的地方，现在显得灰暗又忧郁。夜里下了小雨，路面还湿着。我走在泥泞的人行道上，拖着向比安卡借来的衣服。

葡萄牙语招牌标示了街道的名称，其他标牌都写着英文。这座城市英文名为"德拉瓜湾"。我沿着商贾街走，日光下的街道沉闷空旷。我又走上加韦亚街，路过人行道上的印度商贩，他们操着奇特的口音叫我：

"进店来呀，姑娘！看看就行，不花钱！"

我在最后一条街停步。那里名叫线街，沿街是铁制的旧街灯，从前点着鲸油。现在都只是回忆了。灯杆唤起我痛苦的回忆：母亲的尸体在绞死了她的树上摇晃。我转身离开从那儿发端的沼泽。那些路灯是边境的哨兵，交战的两个世界以其分野。

突然，一扇门后走出三个水手，不怀好意地围住我。其中一个议论道："我还没见过这么文气的黑婊子！"他们把我推到楼梯间，不说话就分了工，仿佛强暴女人是天生的技艺。他们一个锁住我的腿，一个抓住我的胳膊，还有一个趴在我身上，撕开我的衣服，口水淌在我胸前。我大声呼救。我的叫喊似乎让他们更加兴奋。在其他一切痛苦之外，我感到一滴泪滑过脸颊。这让我知道，我放弃了。那一刻发生的事我将永不能讲述，因为我突然被阴影笼罩，那些人影挥舞手臂，倒下又爬起，然后逃开。我松了口气，仿佛重见天日。我完全睁开眼，意外地看见了阿尔瓦罗·安德烈亚的脸。他扶我起来，沉默着等我平复。

我们一言不发地返回比安卡的酒馆。葡萄牙人伸出手，扶我跨过一个个臭水坑。我迟疑着回应他的好意。我们的手指终于碰到一起，但我很快就用力挣开。"好了，我们到了。"我仓促地找补。比安卡已经听说这起事故，在门口等我们。她搂住我，安慰着："好了，你到家了。"除了自己的家，没有一处这样像我的家。

没来由地，比安卡说起她已逝的丈夫深夜回家的情景。他会醉醺醺地窝在角落里，逃避难以回答的诘问。"我不知道我是几点到的家，夫人。"他会说，"进了家门，就不再有钟点了。"

"男人，"比安卡笑着喝下柠檬利口酒，"男人就像这杯酒：我们想要酸的时候，它甜；我们要温存的时候，他们又粗莽。"

"比安卡太太，求你，把热尔马诺的信还给我。我知道是复本，但那比原件更宝贵。"

意大利女人踌躇着，仿佛在记忆的边界处搜寻。我提醒道，她前一天给我读过那两封信。

"信收在衣服里头了。我得找找。"

"你记得信上说了什么吗？"我问。

"亲爱的，情书从来不说什么。"

ॐ

我和意大利女人一起吃了午饭。她说得比吃得要多。她给我讲了些故事。从军人到传教士，她知道每位顾客的一切。终有一天她会写本书，揭露能毁掉那些大人物的秘辛。

"他们说我八面玲珑，但没什么能卖得像沉默一样贵。"

起了床的妓女从我们身边走过，目光呆滞，像夜行的鸟。

"我清楚记得我们的第一次见面。你是我这辈子遇见的第一个白女人。"

我想起数月前在我们村子里的那一刻。我记得意大利女人身上柔和的香气和她更温柔的口音。我觉出她的手又在梳理我的头发。这动作看似平常，却曾在我心中绵延许久。那可是个白女人，说我的头发漂亮，说我不必把头发藏在头巾里。我不能忘记她哀伤的自陈：她来非洲是要结束生命，而洛伦索-马贵斯在她看来是个赴死的好地方。

"你那白马王子呢？"我问她。

"什么王子？"意大利女人问。

"你对莫西尼奥的一片痴心呢？"

"都过去了。"她笑道。

爱情，比安卡补充道，是去得最快的绝症。

ಐ

时近傍晚，我到狱中探望恩昆昆哈内。这是我从监狱长那儿接到的命令。他担忧那俘虏的消沉。对恩昆昆哈内的夜间监视加强了。游行后不久，他们就把他关进了单人监室。他们害怕其他犯人陪他，同时又担心隔离会恶化他已经很脆弱的精神状态，所以要我来协助。

守卫转动钥匙，吵醒了昏昏欲睡的俘虏。恩昆昆哈内惊讶地看着我：他知道有禁止探视的命令。他怀里抱着个瓶子坐着，看上去无精打采。我请求陪他一会儿。

"你几乎是个天生的白人：知道他们打算什么时候杀我吗？"

我没说话，任由他备受煎熬。我沉默的每一秒，都是刮在他心上的刀。我知道他正迷茫地看我。像他曾承认的，他赞叹我的美丽。但他不懂我的悖逆。于是他又一次开口：

"给你个建议：我们联手吧。"

他先承认我有权力，并且比他有过的权力还大。他说，我是葡萄牙人唯一倾听的黑女人。他提出为事情编个不同的讲法，一个归咎于恩瓦马蒂比亚内·齐沙沙的讲法。

"我曾以不可估量的风险庇护齐沙沙，葡萄牙人也因为他与我开战。如今，这家伙竟指责我将他出卖给了葡萄牙人？"

他曾做出所有人意料之外的抵抗，无可奈何时才交出那逃难的姆弗莫人。好人没好报啊，恩昆昆哈内怨道。

"齐沙沙到处宣扬，说我和白人一样，说我虐待黑人兄弟。他说我欺压最不幸的人，凌辱我的奴隶。但我要问：他对你的族人做了什么？"

加扎国王说得不错，我想说。向来如此：受欺侮者最终会和压迫者一样。

"我很伤心，需要安慰，"国王叫苦，"把裙子掀起来，我要看你的腿。"

我闭上眼，深吸一口气。单单这个要求就已侵犯了我。国王察觉到我的不快，喃喃道："好吧，那再给我拿一杯甜酒来。"

我离开了。门关上之前，恩昆昆哈内还在嘟嘟囔囔。与葡萄牙国王见面时，没什么能带给他了。

"我会给你的，"我还听见他大喊，"但首先我得验验礼物的质量。"

CR

第二天，阿尔瓦罗·安德烈亚再次造访比安卡的场子。他又邀请我到城里走走。面对我的拒绝，葡萄牙人争道：

"这会是我们最后一次见面。你的船明天启程。"

最后，我妥协了。葡萄牙人带我到满是农田的山坡，到处是身着鲜艳纱丽的印度女人在田里劳作。我们坐下观看这片开始唤醒城市的忙碌。驴车拉来了德兰士瓦的布尔人和纳塔尔的英国人。这些可怜人来到这里，葡萄牙人说，像飞蛾一样，扑向在他们那儿不为清教所容的放荡的夜生活。

最早那些坚固的建筑由黑人建成。石匠、木匠、铁匠各一名，从伊尼扬巴内到这儿来盖房子。一名本地填缝工同他们一道。因为用涂了沥青的亚麻絮工作太久，填缝工的手指彻底变成了黑色。他总是骄傲地竖起手指，宣称："我才是真正的黑人。"

我们大笑，又一次十指交握，直到我温和但坚决地远离安德烈亚。我问自己，与一个如此特别、如此出人意料的男人手牵手，是在做什么？热尔马诺在某个地方等着我。而我以同样的虔诚等他。不过，那个地方正渐渐变淡，就像我和安德烈亚正一同在泥路上留下的脚印。

路上，我们遇见了一位老郎中。安德烈亚招呼他"医生先生"。他没有讥讽的意思。整个城市不久前还没有医生。白人都由这名姆弗莫尼雅穆索罗医治。安德烈亚提起那个时候，老郎中大笑。他说着拙劣的葡萄牙语，说起每治愈一名士兵都会收到一件卡布拉娜。白人不停地生病，他那儿的衣服就一直堆到没有房间存放。为了给这些衣服找去处，他结了不知多少次婚。

"要当心女人，"老郎中指着我说，"女人可是最妙的疾病。"

这时，译员泽卡·普里莫罗索匆匆赶来。他模样大变，双目圆睁，头发也没梳理。他让郎中离开。他要说的事是机密。

"我被调走了，船长。他们要派我上前线。"

普里莫罗索从南部军区指挥部紧急会议赶来，他在那儿做翻译。有关加扎在国王被擒以来的状况，令人不安的消息传到了城里。恩古尼军队有重新集结的迹象。

"你听恩昆昆哈内说过这事吗？"葡萄牙人问我。

我耸耸肩，试图忘记过去几天里被废黜的国王不停念叨的话："战争不是要回来了，而是从未离开。"

我刚才还曾是世界中心，瞬息之间就变得不可见。加扎的消息完全

占据了安德烈亚和普里莫罗索的心思。接管国王领土的是由安哥拉裔黑人及白人士兵组成的统治集团，还有欧洲人麾下的地方兵。这些人被派去效力，却没得到给养，终日强暴妇女、打家劫舍。

"马吉瓜内呢？"安德烈亚问。

"马吉瓜内逐村动员民众造反。"泽卡回答。所过之处，那个恩古尼勇士高呼"瓦布伊萨，恩科西"，也就是"还我国王"。

"那我就要回到林波波那个地狱了。"安德烈亚叹道。

战事再起，将有新的队伍被派往加扎。极有可能调他回去，重掌卡佩罗号战舰。

泽卡与阿尔瓦罗作别。翻译瘦削的身影消失在楼房之间。回比安卡家的路程在沉默中度过。在妓院门口，我问船长：

"热尔马诺呢？你觉得他会被调去吗？"

阿尔瓦罗·安德烈亚耸耸肩，开口："我不在乎……"他很快惭愧地换了语气："热尔马诺会脱身的，凭他打仗受的伤就够了。我就没有伤病能让我解脱……"

我想起了热尔马诺的手。可抓住我的手仓促告别的，却是另一个男人的手。

第十六章
既非鬃毛也非王冠

在时间之初，
只有一个村子和一口井。

世界仅限于此：
一个村子和一口井。

一次，人用罐子盛水，
双眼掉进了井里。

不能视物的手探进黑暗
发现里面没有井壁。

人感觉到
被深不见底的水召唤。

他找到双眼时
海已诞生。

（达邦狄口述的传说）

与恩昆昆哈内谈过话，他们不让我离开监室。转眼我就成了普通囚犯。士兵说我们都将直接从那儿去往码头。入夜，他们让我们安静跟上，列队走向洛伦索·马贵斯的港口。他们怕遭遇伏击，就趁天色昏暗押解。直到隐约看见远处的灯光，是船在海湾等待。我扶着旁边达邦狄的肩膀，担心跌倒。她抗拒我的动作。"让我绊倒吧，我真想摔一跤。"她说。她又低声补充，这是我们最后一次走在我们的大地上。"可惜你穿了鞋，伊玛尼。"她说，我们所有人都会在陪伴下离开：亡魂的灰永远沾在脚底。

我们坐过的那艘船已经很大，这一艘好像比洛伦索·马贵斯城还大。非洲号过于庞大，不能在码头停靠，不然船靠岸时整块大陆都会开裂。因此，我们由运输船送到船上。短暂的航程中，女人都低着头，只有我凝视满天繁星。达邦狄让我垂下目光。我要做母亲了，不该再直视星星。

船长在等我们，仿佛在家门口迎接客人。船长秃顶、大脸，笑容和善。他一板一眼地穿了军装，深蓝色外套衬着肩膀和袖子上的四道金杠，胸前佩戴的奖章多到像披了件胸甲。

"我是安东尼奥·塞尔吉奥·德·索萨中校。"船长说。他指向身旁挺立的矮个壮汉："这是我的副官，儒利奥·阿劳若中士。"

中士的形象与船长截然不同：身材矮短，脸颊凹陷，黑发虬髯，深邃的眼窝几乎被浓眉遮住。

恩昆昆哈内是最先登船的俘虏。他在船长面前站住，挡住后来者的路。突然，他屈膝行了个大礼，扶着我的手臂，说：

"告诉他，我就是他儿子。"

船长微笑着，不明所以。他让加扎国王起身，但后者坚持要跪。恩昆昆哈内拉扯我的卡布拉娜，用祖鲁语问我：

"他不是堂卡洛斯国王吗？"

我承认，看到曾颐指气使的人屈辱地下跪，我心生哀戚。"翻译给他，伊玛尼！"恩昆昆哈内再次要求，"告诉他，我是他儿子，是葡萄牙国王的儿子！"他抓住船长的手，由恭维转向恳求："请别带我走，我已经死了，死得透透的了。"在阿劳若中士令下，恩昆昆哈内被拖走，但仍不停重申自己的死亡。

最早这批俘虏的队伍走完，又有三十名囚犯从我们身边走过，打头的是新教传教士罗伯托·马沙瓦。这些在洛伦索·马贵斯被捕的黑人与我们命运不同。他们被指控颠覆祖国葡萄牙，将被流放到佛得角。他们全不知道这项指控，也不知道自己攻击的竟是祖国。

儒利奥·阿劳若中士大喊着指挥行动："快把犯人分成两组，不然我们就永远分不开了！这些家伙全都一个样。"他下令对俘虏严加监视，不许有人在路上自杀。他亲自检视每个俘虏，不怀好意地端详女人。

"愿上帝保佑我们，船长，我们的船上载着群魔鬼。"儒利奥·阿劳若说。

听到中士的话，白人都在胸前画起十字。

ॐ

我们被押着走下铁梯，接着被带到吊灯照射下忽明忽暗的长廊。我听见恩昆昆哈内嘀咕："这艘船就是我的铁皮棺材。"看见即将安置他们的昏暗房间，王妃纷纷落下泪来。

"给他们说说怎么分配。"中士命令我道。

这么小的房间住得下十六个人是个奇迹。一上一下悬吊的两块木板就是所有俘虏的床，不分男女。我译出指令：国王和他的妻子都在上面的木板休息，戈迪多、厨子恩戈和穆伦戈睡在下面靠门一侧，里侧就给齐沙沙和他的三个妻子睡。

十六名加扎俘虏被关在屋里，房门拿钥匙锁了起来。我被单独安排了一间舱室，像是个食品贮藏室，就在恩昆昆哈内一行的房间对面。

罗伯托·马沙瓦和洛伦索·马贵斯那三十名俘虏被带往一间货舱。舱顶门打开时，牧师和他的信徒惊恐地后退。他们中流传着一种说法，说船的底舱是朝海底开口的黑洞。在最深处，奴隶被焚，骨灰被制成火药。

"我不相信。"我说。

"你不信？"其中一名俘虏说。"我们那些被带走的兄弟遭遇了什么？有人回来过吗？"他笃定地下了结论："他们会吃掉我们。"

另一名俘虏提醒道："路上谁也别吃肉！我们会吃掉自己人。"

"你们想怎样就怎样吧。"我让步道。

"他们想把我们养肥。他们就是这么想的。"

CR

起锚之前，我请求守卫让我到甲板上去。"我需要空气，"我解释道。我这才注意到，那士兵是个黑白混血儿。我出神地打量他棕色的皮肤和大波浪卷发。我想，我的孩子就会是这样。

"你从哪儿来？"我问。

"我从器械间来，"他答道，"我很脏，浑身是灰。"

他没明白我刚才的问题，也不懂我此时的微笑。我们沉默地爬上台阶。在甲板入口处，他做了个手势，仿佛为我拉开看不见的帘子，然后重新负起看守的职责。

甲板上满是观看起锚的乘客。悲哀命数之中，不无讽刺：名叫非洲号的船将我带离非洲大陆，我肚子里怀着混血儿，把白人丈夫留在黑人的土地。

"你不能待在这儿。"守卫提醒我。

但我随即听到安东尼奥·德·索萨更改先前的禁令：

"让她待在我身边，士兵。"

"我怀孕了，船长。"我直言，为我的可怜模样害臊。

他指向我的脚，不满地摇头。

"请原谅，船长大人。"我低声道，"我的脚已经穿不进这双鞋了。"

我们四周是其他乘客，有平民、有军人，都想看这艘船起航。

"那士兵说得对，你得到里面去。"

"请让我在这儿吧，我把鞋穿上……"

问题不在于我的脚。船长念出一长串数字，不愿伤害我。船上有二百六十名平民和二百多名军人，大约五百名乘客要观看起锚，其中没有一个乐意遇见来自我的种族的女人。

我拎着鞋开始往回走时，安东尼奥·德·索萨改了主意。

"你可以待在那边，那个暗一些的角落，没人会发现你在那儿。"

我费劲地重新穿上鞋。我想起我的弟弟穆瓦纳图，基于那给他带来诸多快乐的糊涂脑袋，他祈求上帝让他不再长高，这样，他的脚就永远能穿进他仅有的那双鞋里。

☙

达邦狄获准和我一起待在栏杆边上。王妃背朝陆地坐下。我叫她看城市的灯光。

"想逃离的人只往前看。"她说。

一对夫妇从我们身旁走过，惊讶于我们在那儿。那丈夫没料到我懂葡萄牙语，议论道："我敢打赌，她们来自某个供头等舱消遣的民间舞团。"妻子总结道："他们也就会跳舞了。"

他们笑着走远。王妃注视着那对夫妇。他们的话音和笑声消散时，她承认说她没等我就开始学葡萄牙语了。是戈迪多在教她。见我笑了，她解释说自己只需要些基本的了解。

我许诺说会教她，提议我们住一间房。达邦狄拒绝了，说她将至死与丈夫同寝。

"但国王睡在穆扎木西和图卡中间。"

"我不在乎他跟谁躺在一起，"达邦狄解释，"他只跟我一起做梦。"

王妃数着其他妻子的名字。她掰着指头数，像数珠串上的石头。她再次念出她们的名字：穆扎木西，那玛图科，帕迪伊娜，玛赛赛，谢斯佩，福斯。"一共七个妻子，"她说，"但只有我守护国王的梦。"

CR

当晚，达邦狄没能使丈夫免于梦魇。清晨醒来时，恩昆昆哈内高呼："不是我，不是我！"屋里一阵忙乱，踹铁门的声音在走廊回荡，惊动了当值的哨兵。他们打开铁门，缚住恩昆昆哈内的双手，命令俘虏到走廊集合。舱室里只剩下我、国王和暴怒的阿劳若中士。

国王好一会儿才平复呼吸。他一丝不挂，蜡制的王冠被压扁，口水顺着下巴往下淌。他胆战心惊地说起夺去他睡眠的魔鬼。噩梦还没离开他的头脑：一叶小舟载着一个人靠近海滩，他远远地认出船里靠过来的是他的兄弟马菲马内。国王待在远离海水的地方：海洋是禁地。小船靠上沙滩时，他发现那其实是口棺材。敞口的船棺里，他的兄弟双唇不动，用亡灵的方式说话：

"我的兄弟，穆顿卡齐，"死者向他请求，"你得合上这口棺材。"

恩昆昆哈内在地上不动。要给小船盖上最后一块木板，他必须走到海里，而那是难以想象的渎神。但若不合上这口棺材，他将终其一生被死者光顾。他怀揣恐惧上前与海水相接，徒劳地尝试把船拉向陆地。船棺一时搁浅在沙滩上。马菲马内又道："你进棺材里来，我们两个往岸上划。"这时，海面涨得更高，国王双脚离了地。他别无选择，只能跳进骤然出现的船。他一进去，棺材盖就落在上面。黑暗降临周遭，一如充塞葡萄牙人囚禁他们的这间舱室。这艘船就是那口棺材，载着他和马菲马内，他那短命的兄弟、永远的将死之人。

中士命我帮国王平静下来。为此，他们带他在甲板上散步。恩昆昆哈内缩在毯子里，拖着小碎步走路。

"那是黑人的国王。"有个乘客说。

我翻译出这句话，让恩昆昆哈内知道有人认出了他。他像是在笑，但面上现出的是哀色。国王明白他大权已失。

"告诉我，伊玛尼：整艘船上就没有一块地面能挖开吗？"

主导恩昆昆哈内的与其说是无知，不如说是幻想。我们都知道，死者并非在土里安葬，离去的人只在我们胸中获得平静。他命人杀死了的兄弟马菲马内，离开人世时比降生时更鲜活。

恩昆昆哈内用赤裸的双脚搜寻金属地板上不可能存在的裂隙。他怀念起渗进雨水、露水与血水的沙滩，闭上眼看见红色河水流过他的王国里干旱的图景。

☙

恩昆昆哈内的噩梦打破了俘虏间虚伪的和谐。国王回到囚室时，俘虏正聚集在走廊。齐沙沙被铐在梁上，一见加扎国王到来就破口大骂：

"别骗自己了，恩昆昆哈内。葡萄牙人带你走，不是因为你伟大，而是因为英国人。别以为他们马上要杀了你。相反，他们救了你，让你没被自己的族人在自己的王国里杀死。聪加人并不尊敬你，乔皮人恨你，恩达乌人不承认你的权威。曾经崇敬你的马布恩蒂莱拉人，在你被捕时往你腿上吐唾沫。你已经什么都不是了，没有朋友，没有兄弟，只有你的女人。你只是她们中的一个，只是个寡妇王妃。对葡萄牙人来说，你不再是敌人了。这场远航到头，你连作为战利品的用处都不会再有。"

戈迪多和厨子恩戈在等让齐沙沙闭嘴的指令。王妃们不安地看向丈夫。恩昆昆哈内只是嘟嘟囔囔地骂：

"你都不算是在说人话，刚才只是在汪汪叫。你不过是条狗。"

士兵重整秩序，俘虏又被关进昏暗的牢房。回舱室的路上，我艰难地从聚在走廊的士兵中穿过。那些男人的眼睛在说我是个女人。我听见了他们的欲望。但他们没碰我。我隆起的肚子宣示我不久将成为母亲。我打开门，坚信我只是个孩子。也许还不到。因为我睡觉时蜷着身子，膝盖会碰到脸。我的孩子用同样的姿势在我腹中沉睡。

第十七章
巴尔托洛梅乌与通向天空的海路

……达邦狄是对的，这艘船是个牢笼。海洋无边无际，营造出幽居之感。船身劈开海浪的声音，海面下螺旋桨的回响，烟囱阴郁的叹息，锚冷硬的移动，这一切都为我带来深长的疲惫。

贡古尼亚内说得不错，他抱怨说船上没有一块石头能让人稍坐。如今的船上已经少用木材，现在的船也极少依赖风。就像那些女人已经不再做梦、放任自己发胖，这些船经得起自身的沉重。

我说不出这些游荡的牢笼多么令我疲惫。尽管如此，每当久居岸上，我就又被辽阔大海的呼唤引诱。于是我再次奔赴码头，踏上又一段远航。

这是海洋不可理喻的诱惑：再没有如此充满人性的声音，如此满载故事的沉默。

（节选自安东尼奥·塞尔吉奥·德·索萨船长日记）

离开洛伦索·马贵斯时，达邦狄王妃曾预言要下雨。"从一场雨中能看到下一场雨。"她说，双眼凝视着我。王妃说得对：从昨天起，雨大得连海面都看不见。

我慢慢地走过甲板，好像在云里穿行。安东尼奥·塞尔吉奥·德·索萨船长叫我过去。

我抖了抖衣裳，惴惴地走进船长的舱室。房间宽敞亮堂。我最先看到的是停在葡萄牙人肩上的鸟。那东西以一种混杂着王子和小丑的姿态好奇地盯着我，然后受了惊，扑棱翅膀躲到挂在天花板上的笼子里。船长叫它："巴尔托洛梅乌！"那只刚果鹦鹉应道："到，长官！"它跳到桌子上，迈着小矮人般晃晃悠悠的步子走路。

"它总是弄脏我的地图。"船长抱怨。

鹦鹉笨拙地试图起飞，露出灰羽中的红色长尾。我问要不要关门。"开着吧。"索萨说。巴尔托洛梅乌开创了自己的路线：越过甲板，在整片大海上空飞行。靠岸时，因为惧怕海鸥，它从不离开舱室。

"这只鸟倒没什么。我拿不准的是，我们该不该让那个齐沙沙跟加扎国王分开。"

"齐沙沙不会伤害恩昆昆哈内。"

"你为什么这么肯定？"

"齐沙沙坚信，要是恩昆昆哈内死了，你们葡萄牙人会把他扔进海里。没了国王，这些俘虏就都没用了。"

安东尼奥·德·索萨打算把鹦鹉送给快八岁的儿子。那孩子出生在印度，但在非洲长大，此刻在里斯本，苦于哮喘的折磨。船长相信儿子会怀念非洲的天空。不是在地上，而是在天上，他更能遇见非洲。

"我叫你来，不是为了鹦鹉。"船长像指尖烧着一样甩甩手。他在赶我走了。我不能待太久。"我是船长，"他说，"不能让大家看见我跟你关上门在我房里。"

他叫我来，是因为他不安。货舱里的一名俘虏，马沙瓦那群人里的，前一晚自杀了。船长怕别的俘虏效仿他。他下令改善了他们的伙食，无果。那些人缺乏精神上的抚慰。缺失的安宁可以由信仰填补。

"这些人，"他说，"非常笃信。"

最好是这些俘虏相信神会护佑这艘船、祝福这次航行。

他前一天已经召见了罗伯托·马沙瓦。他知道牧师在其他黑人中的影响力。他们的会面就发生在那间舱室。索萨说明了他的意图。他要把俘虏聚起来开个大会，让牧师办一次非洲人的祈福，保证船会抵达一处好港口。"非洲人的祈福？"马沙瓦牧师问。"抱歉，可能有些误会，"他接着说，"我是个基督教传教士，没有非洲的信仰，与您共有同一个上帝，只有他能为这艘船赐福。"

安东尼奥·塞尔吉奥·德·索萨没说话，让牧师回去了。但他没有放弃。所以他这天早上叫我来，异常急切地告知我：

"找牧师不行，但那个巫师王妃肯定能行。你去带她来我房间。我还要让俘虏都知道我要会见她，知道她会在这儿，在我房间里，为我们的航行祈福。"

∞

我陪王妃来到船长的舱室。达邦狄起初拒绝了。她不想其他俘虏知道她在船长的房间里占卜。他们会像说我那样，说她卖身给了白人。在门口，王妃坚定地抗拒道：

"我不进这个门，除非那个白人能给我带来儿子的消息。"

船长殷勤以对。他一面记下王妃告诉他的名字，一面拼读："曼——格——则。"为什么，他问我，为什么我们的名字对葡萄牙人来说这么拗口？

"我马上捎信去里斯本！"安东尼奥·德·索萨许诺。"明天我们就知道那孩子的去向了。"

就算这样，王妃还是犹豫着没进门。"那只鸟。"她指着巴尔托洛梅乌说。船长连忙把鹦鹉关进笼子。

终于，预言家坐在地毯上，从口袋里掏出施法用的碎骨。船长指令明确："告诉她要多久就待多久。最好是大家都知道她来过这儿。"王妃呼叫着葡萄牙人向她口述的亡者的名字。她用自己的发音念出那些名字，多数变得让安东尼奥·德·索萨辨认不出。廷罗罗散落在地，除了螺壳，里面还有更多骨头块、种子、贝壳。"当心那些种子，"葡萄牙人提醒道，"巴尔托洛梅乌会当作美食！"

达邦狄不停地摇头晃脑，又是抽鼻子又是打喷嚏、咳嗽，最后开始不自主地抽搐。她翻起白眼，声音也变了调，说："一个男人正赤脚渡过一条从天而降的河。那片土地上落下大雨，再没有人需要挖井……"

"是刚果河！只能是刚果河！"索萨船长叫道。

"船长你以为在运送我们这些囚犯，"王妃说，"但你才是囚犯。这艘船是你的囚牢。"

王妃闭着眼，每个词都用身体的震颤凸显。我投入地随着她的话模仿她的动作，船长问我：

"你翻译的时候为什么要做这些动作？"

"因为翻译时我就是她。"

❀

我梦到乘坐黑人船长掌舵的船航行。船名叫欧洲号，周身漆得五颜六色，仿佛非洲人的衣服。几棵树当作桅杆，树影投在甲板上。风把叶子吹散到海上。

手指蹭过房门的声响打断了我的梦。应该是达邦狄，我迷迷糊糊地想。我理理头发，异常艰难地把卡布拉娜系在腰间。我已怀胎五月，很快会被自己的肚子吞噬。

敲门声又响起来。我把门打开一些。是传教士罗伯托·马沙瓦。比来访者的脸先出现的，是他迅速伸出的手：

"看看这幅画。"他说。

我一震。那是幅彩色的画，是我幼时画给父亲的。画上是座燃烧的村庄，尸横遍野。这些图案下面题了字，立誓向恩昆昆哈内的军队复仇。

"你怎么拿到这个的？"我警惕道。

"让我进去。我不能就这样在走廊上说。"

"你别的时候再来吧。"

"现在是最好的时机。他们的心思都在要抵达下一座城市上。"

牧师进来，背靠在门上，仿佛想添上一道门。他不再说葡语，转而用他的母语表达。马沙瓦曾路过萨维，拜访了我父亲卡蒂尼·恩桑贝，以及他当时的妻子，女先知比布莉安娜。我父亲笃定传教士会在洛伦索·马贵斯遇到我。给出那幅画时，父亲十分坚决："交给伊玛尼，让她别忘了曾经的承诺。"

"我发过同样的誓，"马沙瓦说，"我也寻求同样的复仇。我需要你的帮助。"

"去找齐沙沙帮你。"

"找谁都不找他。我被抓起来，还有我那些同伴，都拜那叛徒所赐。"

他开门检视走廊，确认没人听我们交谈，然后重新闩上门。他凑到我面前，坦诚道："我在筹划起义。"我摇头，他又说："我在筹划的，是一场流血的反叛。"计划很简单，但那想法令人毛骨悚然：他要杀了加扎国王。没了恩昆昆哈内，葡萄牙人就会空手抵达里斯本，无法证明声势浩大的轰动性胜利。"现在杀了他，"马沙瓦论证道，"尸首不可能保存到我们抵达里斯本。"欧洲各国会认为葡萄牙编了场蹩脚的戏。传教士的计划结束于点睛之笔：在莫桑比克国内，新教徒会坚称恩昆昆哈内还活着，只是迷失在德兰士瓦的群山之中。这世上又有谁能证明事实并非如此呢？

"我会告诉你怎么做。"传教士说。

"不！什么也别告诉我。我没做好准备。"

我突然有一种可怕的疑虑：如果恩昆昆哈内死于途中，他们还有什么理由接着把我们带到里斯本呢？我们肯定会被扔在卢安达或者佛得角。我将再也见不到热尔马诺，我的孩子永远不会认得父亲。我曾立誓复仇，不错，但不必在此时兑现。

"听着，孩子。"

"出去，马沙瓦牧师。出去，不然我要喊了！"

"考虑一下我请求你的事。"出门时，牧师低声说。

他从睡着的哨兵身边走过。我看着他消失在货舱，闩上门，深吸一口气。种种不安占据我的胸腔：只拒绝为谋杀做共犯还不够。必须让那个计划流产。只能尽快揭发传教士的打算。然而揭发的结果不难预料：马沙瓦和他那些信徒会被扔进海里。在两桩罪行之间，我无路可走。

CR

非洲号正靠近一片与别处不同的土地。开普敦城在地平线上若隐若现。连片的群山灰蒙蒙的，为城市镶了边。我向那片山峦注目，正如犯人在狱中凝望小块天空。

俘虏获准在士兵的监视下欣赏风景。达邦狄过来与我和船长一起。她抓住我的双手，为好似初生的大陆的景象着迷。她预言道：

"会有一天，有黑人驾驶一艘这样的船。"然后她转向我，吩咐："翻译出来，伊玛尼。这个葡萄牙人应该知道这个未来。"

"除非大海变成河。"我译出这句预言，安东尼奥·德·索萨立即反对。

"大海一直是条河。"达邦狄说。

我和船长大笑。王妃脸上现出不明所以的微笑。葡萄牙人四下张望，担心我们那阵热闹让人撞见。他靠近王妃，问道："看到陆地真好，不是吗？"

他没期待回应，只是想让人听到。他前夜不曾合眼，一直琢磨达邦狄的话。王妃说得对，那艘船是座囚牢。失眠时他想到那些离开了海军在非洲各地漂泊的同僚。他们不是选择了成为拓荒者，只是疲于海上的幽闭。野兽、丛林、原始部落，统统比海上永恒的孤寂要好。

看到陆地真好，他又自言自语。离开前，船长指示阿劳若中士：

"跟这两个女人下去，为那个酋长收拾一下，准备待客。给他点酒和一身能见人的衣服。我要他体体面面的。"

☙

加扎国王一身欧洲打扮，被单独留在俘虏的舱室。其他人都被转移到了货舱。达邦狄没去，待在我身边。

"你们两个回房间等我。"阿劳若下令。

船停了，锅炉都关了。非洲号每次抵达港口都会这样。用煤得俭省。没了供暖，寒气占领了船。昏暗的房间里，我背身倚在达邦狄怀中，仿佛两人共用一个身体。王妃双手贝壳般拢起，温暖我的小腹。

门猛地打开，阿劳若中士走进来。发现达邦狄亲昵的动作时，他眼里亮起奇特的光。房间狭小，但他觉得能容下三人。他撺掇我们："你们继续，继续，我想看你们这样亲热！"他想要的不是我。我与他太近，太欧洲气了。他的绮梦与国王的那些妻子有关，她们有着他永远不会念的名字。然而，对染病的顾虑，比他对她们的欲念更甚。他只在梦中强暴，不必睁眼看着她们，没有闻她们的汗臭味的烦恼，也免于染病的风险。

他肯定以为我和达邦狄在不知羞耻地相互爱抚，以为我们要这样勾引他。

"你们再靠紧些。我要看你们像夫妻那样。"中士命令。

阿劳若的手滑进裤子，兴奋的目光望向视野之外。见我们不动作，军官喝令：

"胸脯露出来！"

你该担心的不是那些大喊大叫的人，这是我母亲的告诫。真正的恶人从不高声说话。要是这话属实，那这个男人的吼叫就不该让我恐惧。然而，他身上有东西让我遍体生寒。

"我们怀孕了。"我提醒道。

"你们没有，"中士说，"但你们很快会怀孕。"

王妃站起身，任由卡布拉娜掉落。见她脱了衣服堆在脚边，中士惊得退了一步。更让他瞠目结舌的是，王妃让我也脱掉衣服。我摇头，怕她没明白眼下的事。达邦狄一把拽掉我的衣服。我们两个都赤着身子，在不知所措的葡萄牙人面前卸尽甲胄。

达邦狄的双手伸向正要闭眼的中士，作势挑逗。但她此举别有动机。王妃用力拉开门，迅速把我推上走廊。"就让他追我们，跟发情的公牛那样。"王妃说。这时我们正手拉着手，沿船最下层赤身前行。"这条船会到哪儿去？"达邦狄问。我这才明白达邦狄的计策：赤裸让我们无比脆弱，却是我们那时最有力的防御。在甲板这样的开阔处，我们就能抵挡阿劳若的接近。从我们身后，很远的身后，传来中士踹隔墙的声响。

第十八章
不由自主的自杀

一条船穿过你的心

没有你 也不会停下

（索菲娅·德·梅洛·布雷内尔[1]，《航行》）

哦，达乌德！达乌德！去告诉玛德齐斯长官，白人来了，抓走了暴君。但愿他能见到他！

（节选自有关恩昆昆哈内被捕一事的歌曲。1939年，奥斯卡·卡尔莫纳总统访问位于莫桑比克南部的马古尔时，作曲者卡蒂尼·尼亚蒙贝的廷比拉琴乐队演唱了这首歌。达乌德是扎瓦拉的一名行政人员。）

我们黑人被告知禁止下船。这是开普敦的规矩。船长允许我们占据甲板，观赏码头上终日装船卸货的忙乱景象。众俘虏对港口的机械指指点点，在他们的语言中搜寻着不存在的名字。然后他们快活地大笑，为着眼见那许多混血儿扛运沉重的包裹，不像我们家乡的混血儿那样，远离艰苦的劳动。我的兄弟们取笑那群混血儿，后者汗流浃背，像在地狱挖掘的矿

I　Sophia de Mello Breyner Andresen，1919—2004，葡萄牙诗人。

工。只有我没笑。我想到我未来的孩子。他会永远是个装卸工，背负着自己皮肤的重量。

接连几个小时，记者、外交官、传教士纷纷登船，探访恩昆昆哈内。开普敦是莫桑比克以外展出这个非洲国王的第一个橱窗。甲板一角，葡萄牙人已经把现场布置停当：他们让国王坐在皮质的座椅上，穿着借来的衣服和铅块般压脚的军靴。外来的人们不会想到受访者在旅途中非人的处境。国王向每位来访者微笑示意。没人回应他的友善。

中午，来访告一段落，厨子恩戈给我们送来食物。恩昆昆哈内心情愉悦，用他短胖的手指就餐。国王远不能想到，在那艘船上，与他同一种族的人处心积虑要除掉他。

ᘓ

达邦狄坐在我的床上，瞪着眼听开普敦码头传来的声响。"我们还有几天到里斯本？"她问。

"我们连一半路程都没走到呢。"我回答。

王妃从小屋里堆积的杂物中抽出一把阳伞。她想到甲板上散步，但不想晒黑。"女人变黑就不受欢迎了。"她说。那些黑皮肤的男人，她说，学会了嫌黑皮肤的女人丑陋。

达邦狄拒绝我的陪伴。她不是独行。戈迪多在走廊尽头等她，右手拎着双凉鞋。王子拆了自己的王冠，做成拖鞋模样。他把王冠弄得黑乎乎，分成两块，又覆上帆布条。剩下的布条做成了一对系带。王妃知道，这双粗制的凉鞋毫不实用。甲板的金属地面是口滚烫的锅，只要走上几步，继子慷慨的心意就将不复存在。然而，那双拖鞋是她一生中收到过的最好的礼物。

我目送她沿过道走远，擎阳伞的模样仿佛举着最夺目的旗帜。她攀着戈迪多的手臂慢慢爬上楼梯，相比踩稳台阶，她更在意的是护着鞋子。在台阶最高处，她被光明环抱。王妃与她的继子走近无边的日轮。

CR

没一会儿，达邦狄冲进房间。她与戈迪多散了步，气冲冲地回来，靠在我身上，露出手腕上深深的伤口。

"我们打起来了。"王妃低声道。

在她们一族的习俗中，人们在不忠的妻子身上绑上两根长棍，然后用削尖的铁棍当众刺伤她们的眼睛。但让她不安的不是想到这项惩罚，甚至不是和继子戈迪多打架，而是她手腕上划开的伤口。割伤了却不流血，这一点令她惊恐。

"我的血不流了。我的血管干涸了。"

她伸开胳膊，展示这至为致命的疾病。她浑身发抖，突然变得脆弱。头一次轮到我来安慰她，我不知道该怎么做。我羞怯地、几乎是滑稽地坐到她身旁，打开那把阳伞。我们在房间里靠着彼此的肩膀，仿佛由同一个影子构成。我们沉默相对，直到被恩昆昆哈内屋里传来的吼叫惊起。他们来量他的尺码，而他又一次觉得被人当作将入土的尸体整理仪容。我被叫去调停，传达让他安心的消息：到了卢安达，下一次靠岸时，葡萄牙人会为他和所有俘虏购置衣物。他们不是想让我们免受寒冷，只是希望我们以最低限度的体面登陆里斯本。

这个说法没让恩昆昆哈内平静。他们为什么总为他穿上衣服又让他脱掉？我曾服侍他褪去衣物，事后又帮他穿戴整齐。第一次的时候他接受了这件事，是因为是女人的手。这次是男人来为他量胳膊、腿、脖子、肚子。肚子！如此羞辱的原因不作他想：狱卒已经成了刽子手。所以国王激烈挣扎，试图逃脱不详的测量活动。他们量的不是他的尺寸。他们是在估算未来棺材的大小。恩昆昆哈内叫我，让我为他求情。我装作没听到，任他痛苦。有时，什么都不做才是英勇之举。

CR

锅炉又烧起来。电流像无形的蛇，重新在全船流转。我们驶离开普敦的码头时，阿劳若中士没敲门就走进我的房间。他摆出多疑的丈夫的架势，在房间里乱翻。他的手指慢悠悠地抚摸我挂在竿子上的衣服，拖长动作，像在爱抚一具身体。然后，他问道："你没什么要给我的吗？"我摇头否认。他执着道："你确定吗？"面对我固执的沉默，他把我的衣服扔到地上。

"那就走吧，"他说，"船长叫你。"

他催我走出房间，却不让出狭窄的过道，迫使我挤在他和潮湿的墙壁中间。我吸进他酸臭的口气，而他正用毛茸茸的手抚弄我的乳房：

"别耍滑头，"他警告说，"我看着你呢，我的小黑妞。"

他命我走在前头。我知道他的打算：在我走路时摸我的臀部和大腿。走廊很短，他的手指疯狂动作，直到爬上甲板，羞耻心盖过欲望。

甲板上的船舱里，索萨船长坐在他的办公室，拿一份电报晃了晃：

"噩耗！若昂·曼格则已经死了，就是贡古尼亚内那个在里斯本的儿子。"

我听见他的话，仿佛说的是个陌生人：贡古尼亚内的儿子？我好一会儿才明白。在我看来，若昂·曼格则只是达邦狄的儿子。

"我和贡古尼亚内谈过了，"船长接着说，"他请求我，由我向做母亲的宣布这个噩耗。"

恩昆昆哈内得知这个消息时，恐惧甚于悲伤。正如他承认的那样，他怕达邦狄报复。他担心被指控共谋一起可能的谋杀。或者更糟：他会被怀疑施了巫术。

⚭

幼时——早在他漂洋过海之前，若昂·曼格则曾被送往莫桑比克岛上的技术学校。数月以后，他带着新的学问回来，却也带回了严重的遗忘。比如，他忘了恩古尼青年的归宿是战争。恩昆昆哈内送去学校的那个人只回来了一半。他身上曼格则家好战的血被冲淡了，他拒绝前往战场。仅仅想到杀人就令他哭泣。国王向卫兵下令，命他们夜里送王子去畜栏，逼他砍下一头牛的脑袋，然后把他绑在死牛的犄角上。这番历练会让王子坚强起来。第二天早上，做母亲的找到浑身是血的若昂，用长袍把他裹住送回了家，免得叫人看见那副可怜模样。

索萨船长现在需要我帮忙把消息带给那位母亲。他并非求助于我的语言能力，我是因为女人的身份被传唤至此。

人们去找达邦狄，见她撑开阳伞，坐在我床上。王妃在船长门口踟蹰。她垂着头问我，声音低不可闻：

"是若昂吗？"

我向外迈一步，想拉住她的手，但王妃避开这触碰。我无力地看着她赤裸的双脚退开。达邦狄说得对，有些足迹会印在钢板上。

⚭

达邦狄接到那最沉重的消息不过片刻，却似乎已经消失了一个世纪。我独自待在房间里，担心她已经绝望投海。突然，房门猛地打开，露出押送达邦狄回来的两名士兵。她披散着头发，灰尘满身。他们把她推上床，喝令道：

"安生在这儿待着!"

他们又让我翻译:从那时起,王妃将被拘禁在这个房间,门口会有一名守卫。

"发生了什么?"我问。

"你朋友想自杀。她下到器械间,想跳进锅炉。要不是我们,她现在就是块炭了。"

"她本来就是块炭。"另一名士兵讥讽道。他们止住大笑,通知我说以后由我照看达邦狄。王妃对葡萄牙人来说不算什么,但黑人俘虏的人数最好不变。在里斯本展出的妻子越多,越显得国王像真正的非洲人。士兵们这么说。"看好她,"他们离开时重申。我听到外面传来钥匙转动的声音。那时我意识到,我从此也是俘虏中的一员。

我盯着王妃看了一会儿。她没有肉体,也没有生命。我从未如此无助。面对那样巨大的哀恸,任何宽慰的尝试都变得可笑。突然,达邦狄站起来,仿佛灵魂已经不再压在她身上:

"你们把门打开。我要和恩昆昆哈内说话。"

我和守卫交涉。他们不为所动,王妃不能离开,变通的法子是允许国王来我们的房间。几分钟后,恩昆昆哈内露了面。没等他从门里进来,达邦狄就说:

"所有人都觉得曼格则是你偏爱的儿子。所有人都以为你把他送到葡萄牙是出于爱。恰恰相反,你是想推开他。你希望他被海洋吞噬。"

"达邦狄,我的妻子,"国王唤她,"你想怪我,因为你在难过。"

"我不是你的妻子,"达邦狄回应道,"我从来不是谁的妻子。你会明白这桩罪孽的分量。什么酒都不会让你好受。"

然后是一连串威胁。国王不是一直受噩梦困扰吗?从现在起,他就算没在做梦,也会有梦魇。自杀也无济于事。哪怕他死后,那些幽灵也会继续折磨他。达邦狄说完,以王妃之权向葡萄牙人下令:"带他走,我不想再见到他。"

恩昆昆哈内安静地离开。门被关上。这时，达邦狄才落下泪来。

CR

死讯散播得比风更迅疾。在与世隔绝的船上，曼格则已死的消息眨眼间传播开来。惊于王室的丧事，罗伯托·马沙瓦请求与船长谈话。在安东尼奥·德·索萨面前，传道士行了礼，说起葡萄牙语，大方得让所有人吃惊：

"俘虏们想为若昂·曼格则的亡魂办场弥撒。请阁下允许我们使用礼拜堂。"

"我不知道行不行，"船长回应，"掌管礼拜堂的是马蒂纽神父，他病了，只好留在开普敦。"

阿劳若中士插进他们的对话。他了解安东尼奥·德·索萨的弱点，担心他重蹈对黑人留情的覆辙。

"别相信这个在这儿装孙子的黑佬，"阿劳若说，"这黑佬自称传教士，其实不过是个为新教徒利益办事的逆党。你问他，船长大人，知不知道礼拜堂是属天主教信仰的地方。"

"我所受的教导是，我们只有一个上帝。"牧师辩解道。

"上帝只有一个，但他有不同的信徒。"中士反击。

传教士离开了。擦肩而过时，他问我有没有考虑"你那件事"。

第十九章
患上遗忘的亡者

一天，有人看见一位渔夫正在沙滩上挖一个大坑。人们问他在做什么。他指向沙丘上一艘快要散架的旧船。那艘船曾多年伴他深入远海。共同踏浪既久，人与船彼此依恋，渔夫几乎只安躺在船腹中入睡。

"船死去时，必要将其埋葬。"

最后，他把一只桨埋在墓旁。画十字时，他的胸膛回荡起树木被叩击的声响。

（安东尼奥·塞尔吉奥·德·索萨船长的日记）

就杀戮的技艺而言，我们没从原始时代进化多少。子弹不就是会飞的石子吗？

（罗伯托·马沙瓦）

国王恩昆昆哈内整夜都在大喊他是"葡萄牙国王的儿子"，刺耳的嚎叫在房间里清晰地回荡。

借由迭声呼喊葡萄牙父亲，国王忘记刚传来的儿子的死讯。那孩子的名字已被从他记忆中清除。他想祈求祖先保佑，无人现身。惊惶中，他令家人近前，低声道："白人想杀我。但我已先行一步。我上船时就已死去。"

妻子们忧虑地面面相觑。她们都知道，眼前的猝然失忆是世上最严重的精神失常。比国王忘了他那些故人更严重的是他们不再记得他。让丈夫回到以往的努力摆明了是徒劳。

"达邦狄，做点什么吧。"一位王妃恳求。

穆扎木西，最受宠的妻子，举起手臂作为静默的宣告。只能由她平息那场混乱。她套在手臂上的二十四个铜环发出声响。她提着垂到脚面的长袍，在其他女人之间寻路。那件过大的罩袍正是在卢安达购置的衣物。

"离远点，我是王后。"

这位"大夫人"，正如人们称呼她那样，名副其实。她身材魁梧，梳着锥形发髻，更显高大。她在受了惊的丈夫面前跪下。光从供人监视的窗口进来，照在她肩上。

"回来吧，恩科西！"王后呼唤丈夫。她如祈祷般低语，邀他到怀中休憩。

其余妻子贴着墙挤在一起，国王则蜷在穆扎木西怀里。恩昆昆哈内因营养不良倒下，病因是缺酒。他认错了人，把穆扎木西唤作伏阿泽，那是他旧时也是唯一的爱人。"谢谢你，亲爱的伏阿泽。"国王呢喃。穆扎木西假装没察觉他的错认。丈夫在她怀里垂头丧气，那一刻她又是王后了。她示意其他人都退下。众俘虏照做，聚集在走廊上。女人们凝望天花板上的灯光，伸出手指感受藏在灯里的火。

CR

平复之后，加扎国王在两名守卫护送下穿过走廊，走到通向货舱的大厅。马沙瓦一行囚犯正站在那里，等待离开他们的临时牢房。加扎国王现身，他们全都跪下。他们密谋杀死那暴君，却毫不犹豫地向他致敬。

"起来，兄弟们！"马沙瓦愤怒地下令。

但这无济于事。这些囚犯在加扎国王面前展现出的尊敬，与在基督的十字架前拜倒时同样。恩昆昆哈内面向驯服的人们张开双臂，几乎无声地宣告："我是葡萄牙国王的儿子！"马沙瓦痛苦地摇头：国王已经失去理智。不是因为纵酒。相反，他因戒酒而醉。正因如此，他的双手失控地颤抖。一个念头突然击中传教士：也许他不必犯罪，国王就死了呢？这会是他此后向上帝寄托的祈求。

马沙瓦没再呼唤他那些信徒的理智。他猛地推开加扎国王。恩昆昆哈内无力抵御，轰然倒下。突然，令我惊讶的是，齐沙沙上前去救恩昆昆哈内。"放开他！"他一边大喊，一边帮国王平复。然后，他指着我，喊道：

"让士兵把那个黑人牧师从这儿带走！我们不想看见他。再告诉他们，给加扎国王拿酒来。"

牢房门口，士兵们正坐在瓶装波尔图酒的箱子上。那些库存酒水是给阶下国王的特藏。他们希望他愉快，但又没有灵魂。这就是他们为他筹谋的流徙，从他自身出走，既无回忆，也无去处。士兵递给国王一瓶酒，他迫不及待地饮下。酒沿脖颈淌下，他盯着我。"伊玛尼，"他反复念着，"我要把你献给葡萄牙国王。"

"出去，马沙瓦牧师。"齐沙沙命道，"恩昆昆哈内屈从于白人的酒，而你献身给他们的上帝。"

酒和神父，齐沙沙说，将会完成葡萄牙人用武器开启的事业。不久以后，我们将不再拥有我们能称为家的地方，不会有能叫作兄弟的人。

"我在这里打扰到你了吗？"马沙瓦反击道，"我让你觉得愧疚吗？"

"我没告发过你，"齐沙沙辩解道，"这是真正的事实。要不然，难道你信葡萄牙人胜过信我？"

传教士示意我随他离开人群。

"我们祈祷吧。"他提议。

"就在这儿，走廊里?"我问。

"跟我来，船长已经批准我们使用礼拜堂。"马沙瓦说。

我沉默地跟上传教士。他一到甲板上就被仔细搜了身，几名士兵陪我们到礼拜堂门口，里面空着。马沙瓦只盯着十字架，装作祈祷。跪在地上，闭着眼，双手合十，他用母语唱起圣咏，但并无祷辞。他唱的是犯罪的计划：两天后，白人会办一场宴会，那是他们穿越赤道线时的习惯。马沙瓦听闻，那像非洲的庆典一样，有酒、舞蹈和面具。他们会允许俘虏参加宴会。"你的任务是，"马沙瓦唱道，"在我们对恩昆昆哈内下手时，引开中士。"

"我害怕，牧师。"

"相信我，"传教士道，"我得到了昭示。我给你讲讲我怎么见到了上帝。"

CR

罗伯托·马沙瓦还年轻时，就显露出了他的宗教天赋。那时他徒步穿越了从兰德地界到洛伦索·马贵斯的路程。他前去寻找更好的生活。他知道想要什么，但不识门路。第三天，他耐不住暑热与焦渴，孤身倒在了原野上。醒来时，他身处一位农夫家中。救他的是在英国人的种植园受过教化的聪加人。两人屈膝跪下，马沙瓦——他此前从未做过——像用母语一样念起祷辞。主人家感叹："每个人的抵达都并非偶然。"

然后，他坐在院子里，凝视因少雨而被炙烤的土地。这样睡着的时候，他的一只手正放在金合欢树的树枝上。夜里，他的手指变成了那棵树的枝杈，以破土而出的狂野直指天穹。他最长的手指刺穿云的肚子，雨落了下来。

早上，罗伯托·马沙瓦懵懵懂懂地穿过了莫桑比克国界，为近日的神秘能力感到不解。他在莱登堡加入卫理公会，做了牧师。数年以后，他回到莫桑比克，在洛伦索·马贵斯海湾办了所学校。罗马天主教会要求他加入他们所谓"唯一真正的教会"。马沙瓦拒绝了。他们封禁了他的学校。那是一系列禁令的开端。他最终明白了，被封禁的是他。

CR

牧师让我扶他起身。他在狱中受过折磨，现在能跪下却不能自己起身。在牢里，人们告诉他，是齐沙沙供出了他。他们让那个姆弗莫人的勇士面对一串名字，用难懂的口音读给他听。念到牧师的名字，齐沙沙点了头。"是这个人叫你和政府对抗吗？"他们问。齐沙沙再次确认。几小时后，牧师被拘捕。他在审讯中遭遇了毒打，只得认下所有指控。第二天，他被塞进非洲号，准备流放到佛得角的小岛。

"有些事你该知道。"牧师说，"他们关押我的货舱是个弹药库。"

"弹药库？"

"我那些信徒全都武装起来了。"

"用什么武装？"我问。

牧师微微张开手掌，答道："这些！"我起初什么也没看见，随后才注意到他指间有块玻璃在闪光。是瓶子的碎片，就是恩昆昆哈内门口每天打碎的那些酒瓶。

"我们会用这些武器杀死恩昆昆哈内。"马沙瓦宣布。他攥紧那片玻璃，浑然不觉指缝中流下的血。

CR

一桩意外在滑溜溜的甲板上等我：恩昆昆哈内正坐在小木凳上淋雨。

雨水顺着他赤裸的躯干流淌，从系在他腰间的布滴下。远处监视他的士兵解释说："他求我们让他这样待着，说想感受雨。"我用母亲般的口气反对："最好给他遮一遮，会生病的。"士兵应允了："你去和他说吧。把这件披风带给他。"

我把披风搭在国王肩上。他的身子比声音抖得更凶，低声说怀念被雨淋湿的感觉。他站起身，赤脚踩在金属地面上，梦游一样走到我身边。走下通向房间的台阶时，他一只胳膊架在我身上，另一边撑着刚赶来的达邦狄。但他酸臭的口气却喷在我脸上：

"在你们的乔皮语里，'金子'怎么说？"

他不等我回答，一气胡言乱语下去。他说，白人计量他的财富用的是金子，那时我们的诸多语言中没有这个词语。想起财富，加扎国王看到一望无际的牛群，牛蹄与牛角划分太阳与大地。他还看到雨，一滴滴的雨，和他身上流过的一样。

国王抓住我的手，求我帮他。他急需达邦狄重新与他同眠，需要他们让她回俘房的房间。他说着，仿佛达邦狄不在场。"我有过太多女人，最终变成了最孤单的男人。"他抱怨道。他们让达邦狄离开了他，他便不再是男人了。他出神了一会儿，走向妻子，恳求她："我想要你为我催眠，达邦狄。"

"为了什么这么着急呢，我的国王？"达邦狄问道，"你不怕再被噩梦造访吗？"

"有时候，"国王答道，"噩梦是保存过去的唯一方式。"

第二十章
一滴泪有多重?

望向海，我看见生命。

（安东尼奥·塞尔吉奥·德·索萨船长日记）

清早，我来到船长门口。我在寝舱门口向他问好，他趴在铺满地图的桌子上，仿若未闻。空鸟笼倒在房间中央，鹦鹉不见踪迹。

"离开卢安达的时候，我放了它。"船长头也不抬地说，"我不能给儿子一只关在笼子里的鸟。"他突然变了语气："我在忙，什么事?"

我意已决：来揭发马沙瓦的奸计。我没提名字，也没展开细节，但明明白白地揭露了谋杀恩昆昆哈内的阴谋。一定是我说得太不清楚，葡萄牙人毫不在意，接着拿小尺子在航海图上比画。我又提醒一回，说得更明确。

"要抓紧了，"我强调道，"赶快增强货舱周围的警戒。有人想杀恩昆昆哈内，杀手就从那儿来。"

"你是梦见了这些吗，伊玛尼?"安东尼奥·德·索萨揶揄地问。

索萨船长疲惫又怀疑的目光定在我身上。他不明白情况有多危急、多严重。他拿尺子在空中挥了挥，示意让他安静待着。

走之前我还问了热尔马诺的事。说不准，通过电报，有莫桑比克的消息来了呢? 安东尼奥·德·索萨摇头否认。我又问阿尔瓦罗·安德烈亚的近况。船长放下尺子，叹道："请你，伊玛尼，别问我任何人的事。我受够了这些人……"

他过去一直是个孤僻的人，他承认。他的很多同事总抱怨海外省的与世隔绝。对他来说，孤独是最美妙的馈赠。结交他人，据他所说，是最令人疲惫的活动。在非洲，他得以免去这项苦差。那儿的白人只是过客，而黑人，无意冒犯，都是同一个人。因此，那里就没有过任何人。安东尼奥·德·索萨如此自陈。

我打算回房间，他却转了下尺子，叫我留下。

"我知道他的事。"船长说。

"热尔马诺?"

"阿尔瓦罗·安德烈亚。"他回答，"据说那个安德烈亚回到了战斗前线，在林波波河河口。"

安东尼奥·德·索萨同情安德烈亚船长，对后者来说，林波波河是这悲惨世界中最差劲的地方。他明白折磨着那位同胞的对屠杀无辜平民的内疚。这桩罪名，索萨肯定道，是他在军队内部树立起的那些敌人捏造的。安德烈亚受了蒙骗：轰炸的目标大多不是居民点，而是无人居住的丛林。

"安德烈亚信了自己杀了很多人……他见过那些尸首吗?"索萨问道。

他没见过，我想要说。没有一个葡萄牙军人能看见我们，看见我们黑人，哪怕是我们活着的时候。

"阿尔瓦罗是个好人，"他下了定论，"他们想让他放弃他那些主张。"

他重新俯身在地图上，漫不经心地嘟囔："你来提醒我，很好。我会把你的密告转述给阿劳若中士。我们会加强国王的安保。"

"求你，别让中士插手这件事。"我哀求道。

"你说的不是什么新鲜事，孩子，"他安抚我，"我很清楚罗伯托·马沙瓦的计划。我有我的办法。"

他推开椅子起身，像不认识我一样打量我的脸。我吓得后退。

"你为什么这么怕阿劳若?"他狐疑地发问。

他审视我的眼睛,想看出缘由。"我那中士对你做了什么?"船长坚持道。面对我的沉默,他搓了搓手,喃喃作结:"我明白了。"

❧

天色暗了,甲板变得模糊。上百名乘客身着狂欢的装束,载歌载舞。不久后,我们将越过赤道线,海员口中的"世界之脊"。

人群正中临时的高台上,坐着个戴面具的男人。他身披金色礼袍,扮上了假胡子和仿造的王冠。恩昆昆哈内兴奋地大喊:"你们看,是堂卡洛斯国王!"他高声叫着葡萄牙国王。士兵哄然大笑。

船员都涂了圣油,然后沐浴,洗去不洁。他们把这叫作再洗礼。我们,白人和黑人,在仪礼上相似得不可思议。我们用来净化灵魂的仪式多么相像!白人的天使终究不是他们令我们相信的酷吏,而与我们的同样,是群快活的醉鬼。

那天乱闪的灯光让我想起幼时那些伊尼亚里梅河边的庆典。突然,我又一次看到比布莉安娜在人群中出现。女先知身着红色长袍,腰系白布,宣示道:"诸海如同鲜血,看似众多,实则唯一。"

❧

我一如既往地在欢庆面前留守边缘,远离灯光与喧嚣。安东尼奥·塞尔吉奥·德·索萨走向我,双手插在外衣口袋里。我们身边走过两名士兵,拖着恩昆昆哈内的叔父老穆伦戈,要带他去见阿劳若中士。"这东西从货舱跑了。"他们行了礼,说道。穆伦戈瘦削、体面、冷淡。他一个葡语词也不想懂,为加扎国王表现出的恐慌感到耻辱。索萨船长认出他,让他们放开："这老人是贡古尼亚内的叔父。他可以出席庆祝活动。另外那群人不行。"

"另外那群人"是罗伯托·马沙瓦那些同党。他们待在货舱，被严加监管。我的警报见效了，我毫无愧疚地想。

"这趟航行整个就是骗局。"索萨叹道，"我们在创造一个不曾有过的国王。"

CR

穿越赤道的仪式有段渊源，安东尼奥·德·索萨说。那些在庆祝的人不知道，但船长决定告诉我。在最初还用帆船的年代，海员最怕的不是暴风雨，而是无风的酷热。赤道地区富于阳光，却吝于起风。船停滞不前时，不只食物在腐败，纪律和等级感也会削弱。得打开个发泄的出口，也就是任何人可以成为任何人的狂欢。就这样出现了穿越"世界之脊"的仪式。大海是个女人，那些海员的指甲如利刃般在她背上划下一道。大西洋在微笑，笑容就是他们要的许可。南北之间的界线像撕碎的衣服，掉在海员脚边。

天主教和新教各教会禁止了这个仪式，从中看出了异教的存留。然而，令旧习式微的并非教会的制止，而是技术的进步。蒸汽船摆脱了风的无常，向基督徒的奋斗伸出援手。尽管式微，习俗还是保留了下来。只要恐惧尚存，众神便不会毁于机器。

CR

我与船长作别，在回房间的路上被阿劳若中士截住。他身边跟着六名士兵。

"我需要你，"中士通知我，"我要和马沙瓦那混蛋谈谈。"

"请容我说一句，中士，"我不安地说，"这件事上，我可有可无。牧师的葡萄牙语很好。"

"我不在乎马沙瓦有什么话说，"他说，"我是要让剩下那帮混账听懂我的话。"

我从没进过货舱。那一刻我头晕目眩，仿佛身处阴冷生霉的地狱。浓重的黑暗让我无法呼吸。也好，这样我就能躲开恶臭。一名士兵掀开入口处的盖子，一线光亮与一缕微风扑面而来。挤在角落里的一众俘虏露出轮廓。中士一面大吼，一面向他们走去。他宣布已经得知那间牢房里酝酿的重大阴谋，喝令他们说话。俘虏用奇特的方式执行了命令：他们开了口，却齐声祷告。

"干什么？驱魔辟邪？我来让你们看看什么是地狱。"

咆哮声在舱内回荡，中士一直靠向我，仿佛核对我的翻译。

"有个问题，中士阁下，"我小心道，"我们没有'地狱'这个词。"

阿劳若没听我说话。他决心展现他的怒火，在舱内大步走动。终于，他停在罗伯托·马沙瓦面前，命令他：

"从他们中挑一个去死。"

牧师并不畏怯。像我们从前在村子里被白人或恩古尼人造访时那样，他不再有表情，只剩一张石刻的黑色面具。

"你一个不挑，我们就杀掉三个。"阿劳若威胁道。

马沙瓦纹丝不动，在他们抓住他的三个同伴时也仍然如此。

"我带走那些年纪看上去最小的。"阿劳若说，"一定要杀你们的时候，最划算的还是从能活很久的开始。"

传教士上前一步，张开双臂，宣布：

"我挑了一个！"

"谁？"阿劳若问。

"我，"马沙瓦说，"我挑了我自己。"

"这样的话，"葡萄牙人说着，走向他那些士兵，"把那三个杀了。"

"但我挑了……"传教士慌道。

"你挑了你自己。而你谁都不是。"

那些吓坏了的年轻人被拖到走廊上。我和中士走在这支临时队伍末尾，一名士兵在我们身后合上货舱的盖子，然后才小心翼翼地发问：

"抱歉，长官，要真的杀他们吗？"

"还有别的杀法吗？"

"我们受命护送俘虏……"

"这帮人另当别论。"阿劳若不耐烦道，"货舱里这些人，外边没人知道。到目的地的越少越好。你们去器械间附近处理他们，别让人听见枪声。"

外面的欢宴还在继续。我最终没听到枪声。要是能听到就好了，不完整的记忆是不会愈合的伤口。以后数夜，我都被那些被枪决者惊恐的面庞造访。我流尽了未为故人流过的泪，然后才能入睡。那些泪水没有重量，仍在眼眶停留。

☙

"你为什么杀他们，中士？"索萨问。

阿劳若在安东尼奥·德·索萨的舱室门口站得端正。中士眼中不安，话里却有沉着的自信。

"长官想让我现在说吗，在这种状况下？"阿劳若指着我问。

他口中的"状况"就是我。是我来通报了枪杀俘虏的事。安东尼奥·德·索萨的沉默是迫使下属就范的指责。

"长官命令我解决一个问题，"阿劳若说，"而我解决了两个：一个眼前的，和一个将在佛得角出现的，毕竟我们要把不听话的黑人送去一块我们拥有但不能掌控的土地。"

"他们犯了什么罪，要处决得这么干脆？"安东尼奥·德·索萨问道。

"什么罪？看在上帝分上，长官，这帮不要脸的想杀贡古尼亚内，一个葡萄牙人，我们队伍里的中士。"

"那尸体呢？"船长问道。这不是提问。这是退让的表示。那些被枪毙的犯人，中士说，都扔进了海里。

事实上，每天都有尸首被扔下船。很多葡萄牙士兵上船时就奄奄一息，被伤口和热病拖垮。他们大多清楚自己的归宿：死无葬身之地，在洋流与海怪的摆布下腐烂。宁可如此，他们也不愿葬身非洲大地。

安东尼奥·德·索萨凝望地平线，他借此不再看见。中士明白，沉默是让他离开的命令。

第二十一章
登陆前夕

怕水的人终将在陆上溺亡。

（恩科科拉尼谚语）

清早，一名干瘦的水手敲响我的房门。他从安东尼奥·塞尔吉奥·德·索萨那里带来两封信。船长想让我读读那些信，再让这位信使送回去。"你得先读这封，"水手晃晃右手的信，说道。他伸了手又犹豫，似乎在掂量两封信的重量。"我搞错了。"他说着，换了只手。他把另一封也给我，然后离开。他会在走廊等我读完。

第一封信是索萨船长写的，收件人是儒利奥·阿劳若中士。达邦狄让我一边看一边译给她听。她闭上眼，仿佛这样听得更清。

CR

亲爱的阿劳若中士：

明天我们会抵达里斯本，而我将完成我的最后一次航行。我知道那些退休的同事经历了什么。用不了几年我就会干瘪下去，和他们一样，怀念曾不停抱怨的一切。相反，中士你会继续在海军舰队的事业。我们很可能不会再见。我们一起在这个小地方困了好几个月，而尽管如此——又或者正因如此？——我们从未能维持所谓"对话"。

我知道你怎么看我。我不打算改变你的看法。你认为我意志薄弱，对非洲人太过宽容。对于这种想法，我无可反驳，也不想申辩。你这些话是用以攻讦的指责，于我而言却是莫大的称赞。感谢你这些微小的敌意。

我来说说我自己。书写让坦白成为可能，不然我们不会有这般勇气。我出生在非洲，在树木高过天空的土地。我的母亲，愿她安息，教导我爱这些生灵，仿佛预见到与土地相比我会更需要树木。"树和人一样，"她说。我们不知道的是，我们看到的只是树的表象。我们没在人和树身上看出的，是时间那个永恒的筹谋者。母亲说，树根就像我们这些生命的故事。谁会看到树根呢？而我们，亲爱的中士，我们从彼此身边经过，就像从树旁走过却只看见树影。我们互不相识，亲爱的阿劳若。也许这样最好。我们不必假装告别。

我父亲死在印度的土地上。他这样实现了命中注定之事。他多次告诉我们，没人能在出生的地方死去。他去世的地方远在天边。葬礼之后，我去整理他在公署堆积多年的文件。我指尖抚过的不是纸页，而是他的人生。

在一个标记为"刚果档案"的文件夹里，我发现了一张照片，上面有三个黑人，旁边站着两个白人。那是在比属刚果拍下的。照片上的黑人正展示从其他奴隶身上砍下的手掌。死者与生者的手指几乎区分不出。砍下的手仿佛还连着鲜活的躯体，似乎不知自身的死亡。

永远夺去我的睡眠的不只是那阴森的景象，还有那些奴隶的目光，以及他们木然的神情。他们的双眼早已与灵魂割裂，他们的脸是空洞的面具，似乎其中更有人性的部分，我所谓的"脸的声音"决不能被轻率的摄影师曲解。他们以此维护最后一分尊严。

那桩暴行并非我们葡萄牙人所为，你会说。不是我们，确实。但我们所有人，所有欧洲人，用沉默为奴隶贸易的滔天罪恶织了件斗篷。你在我指挥的船上枪杀了的那些年轻人会是你的心魔。直到生命尽头，亲爱的中士，这段记忆的枪口都将瞄在你身上。

无数次听你说，世界的末日已过。我们谁都不曾知道那灾厄，连上帝也不知晓。事实并非如此，亲爱的。有理由相信末日预言的不是我们，中士。是那些黑人，那些目睹了故乡遭侵略、手被砍下、梦被耗尽的黑人。我们大谈灾难时，他们生活在最真实的末日。你那个献祭理论倒很适用：没有了未来，我们就变得与牲畜无异。对于战争，穿军装的牲畜再好不过。

一并送上那张令我大受震动的照片。别只是看照片，也让那景象看看你。被那些黑人的目光穿透时，你或许会理解，我为你所谴责的软弱远不如你奉为圭臬的勇气危险。

我希望，亲爱的中士，我们再也不要相见。我不是盼你不好。我只是想忘记。想忘记我，忘记你，还有其他所有人。也许我妄想的更多：我祈祷中士你从未出现在我的生命中，这封信从未写给任何人。

1896 年 3 月 12 日

安东尼奥·塞尔吉奥·德·索萨

ℭ

也许我译得不好，读到最后，达邦狄脸上毫无波澜。我起先以为她睡着了。讶异中，我看到她晃动手臂，让手镯叮当作响。她驱散了信中现身的幽灵。

"你曾告诉那个白人，"王妃说，"说我向我的神祇祈祷。你错了。没有别人的神，孩子，神一直属于我们。"

士兵来敲门，想知道能否取回信件。我请他再等一会儿。达邦狄重新闭上眼，等我读第二封信。

☙

尊敬的安东尼奥·塞尔吉奥·德·索萨船长：

我们以互寄书信这种奇特的方式告别，好像丧失了说话的能力一样。这样也好。亲爱的船长，这是你最后的航行，然而我的旅程并不在此终结。我将在海里死去，葬身于杳无人知的水域。要不是陆地，你亲爱的非洲人说，亡魂就永远无法抵达死亡。我这话说得像个黑人，愿上帝宽恕。

首先，我得承认，船长你是个好人。但我对善良在这个世界上的价值有所怀疑。我确定的是，我毫无做好人的意愿。我唯一的愿望是恪守正义。正义则要求不怕施暴。

你说得对，船长：我固执地相信世界末日。要结束的不唯十九世纪，垂死的何止君主制度。是整个世界流失，像沙子从指缝漏尽。书里写了的，船长。我数次向黑人问起如何看待世界的创生。他们全都回以同样的答案，对我这荒谬的提问显出惊讶："嘿，世界没有起点，也不会终结。"世界的原料就是时间本身，他们说，没有能区分两者的词语。黑人用他们粗陋的语词如此回答。你一定会以你那不可救药的慈父心肠说，他们的答复蕴含深沉的智慧。我要说这是毫无判断力的说法。

我为什么现在给你说这些？事实上，没有末日审判的观念，就不会有正义。非洲人不知道神圣裁决，对他人毫不在意。这样缺乏文明精神的民族，应当由拥有了文明的族群指引。我们若不担负这一使命，就是不够勇敢、不够善良。

既然世界正处末日，我情愿深入魔鬼之岸。在南方诸海航行唯一的好处，是恶魔居于此地。如今，那些恶人是我仅有的参谋，比天使护佑我更多。他们说我们带来的船上满载"锌皮外衣"——我们以其委婉称呼棺材。于我则相反：有一部分的我甚至不会返回葡萄牙。我有一部分留在黑人——尤其是黑女人——中间。

上帝早有先见之明，没用同一个模子创造欧洲人和非洲人。这样很好，因为我没时间也没耐心区分混在一处的善恶。想要我把那些俘虏当人对待？反过来，我们被俘的话，告诉我，船长，黑人会给我们同样的机会吗？你见过哪个白人在非洲的丛林里被俘吗？知道为什么没见过吗？因为他们都被杀了。

一次激战中，我听见长官喊："别杀女人和孩子！"我暗想：这家伙是没上过战场的雏儿。非洲大地上没有女人，也没有孩子。这里全是敌人，都想干掉我们。所以我说，他们越显得高兴，我就越恨。我见不得他们大笑，不能容忍他们吵闹、歌唱或舞蹈。实话告诉我，亲爱的船长，这一生有什么事重要到要这样庆祝？

不值得我们再浪费时间了。我是个行动派，事情在我看来很简单：你被那个伊玛尼下了毒。她们是这样做的：给我们注射甘甜的毒药，我们到死都无法察觉。我能想到那姑娘关于我编了什么谎话。我没碰过她。我并非没有想法。那蛇妇（抱歉但确实如此）不过是装模作样。容我这样说，在船员中间能听到一些传言。谣传而已，你会说。你会为自己辩护说，这事上无风也未起浪。然而，多次有人看见伊玛尼进你的舱室。但愿她曾为你带来欢愉。因为，我承认，那姑娘不对我的胃口。我不想要葡萄牙语说得跟我一样好、看我时目光高傲的黑女人。吸引我的是其他人，那些真正的黑女人，更纯正、更原始的黑女人。没错，是那些。我还偷看她们清洁身体，如果说她们这样做的话：她们一天洗两回澡！但我从没见过她们跟丈夫做那事。厨子向我解释，说他们在路上或战时都禁止交欢。忘记了这桩禁忌的是达邦狄和戈迪多。我还抓到过他们，就在煤仓。在那里，他们在煤灰中躺倒、交合。

回到你送来的照片，我想告诉你，那画面不说明什么。照片和我们中士一样，说着受命而说的话。图注才为之赋予意义。而我没在这张照片上看到题字。我不否认，照片上毫无疑问是一场暴行。但施暴的是比利时人，最不像欧洲人的欧洲人。又或许就是黑人做的呢？你没听说过吃人事件、巫祝仪式或部落间寻仇吗？

无论如何，我们葡萄牙人无力实施如此无端的暴行。我们不像那些早上抓蝴蝶、晚上杀黑人的北方人。我们葡萄牙人不一样。就算是惩处，我们也做得像谨慎的父母。无论惩罚有多严厉，受惩的人都永远是我们的儿女。我们恨时怀着爱，你很清楚。没人像我们一样与黑人生出那么多混血儿。看看伊玛尼。她肚子里的孩子难道不是我们的吗？我相信他会是个漂亮的小家伙。可以肯定，别的欧洲人很少有混血后代，就算有也不会这么自豪。

亲爱的船长，当心那张照片，那是把双刃剑。因为，我这终将被大地吞吃的双眼，曾目睹白人被发狂的黑人屠杀。没有照片记下那时的恐怖。我能告诉你的是，真相不是被拍下来的东西。真相在看到的人眼中。为此，我请求你，扔掉那张照片吧。因为那幅景象，愿上帝宽恕，只会制造出报复白人的执念。

幸福的人容易做好人。生活对我来说是不忠的妻子。做个鳏夫

130

更划算，我亲爱的船长。鳏夫合上眼做梦，被生活背叛的人却永远丧失做梦的能力。

我把信和那张晦气的照片都还给你。我没费工夫撕掉。也许你想留着。对你的愧疚来说，这些东西一定会是上好的养料。

儒利奥·阿劳若中士

第二十二章
里斯本的光

我曾驶入大海
于漫长的船梦里
眼中诸岛是
无穷之物圆形的幻影。

我没到过一处海岸
听不到母亲般的声响：
在有海的地方，那声音说，
你将拥有码头，成为思念、远方与希望。

后来，
船桨断折
船底尽数破漏。

有人说是恶魔手笔。
但那是时间
折断了船桨
断绝了航行的渴望。

我的沉没

来得毫不壮阔，

不过是潮水退去。

岸边的沙滩上

永远地抹去了

曾有过海的记忆。

(摘自安东尼奥·塞尔吉奥·德·索萨的航行日记)

这里是里斯本，最后的港口，航行的终点。船上，士兵含泪向等在码头的人群脱帽致意。预料之外的际遇在战争中联结起我们——非洲人和欧洲人：在海的另一边，与我们出生之处遥遥相望的土地上，我们都被当作已经故去。

达邦狄王妃步伐坚定，神色紧绷，从船员中间走过放下的甲板。她从器械间带出一把铁锹，响亮地拖在身后。她感觉嘴里正生出沙子，吐出口唾沫才能呼吸。她去找船长，想知道她儿子若昂·曼格则葬在哪里。她上岸后要做的第一件事，就是去扫墓。不然，墓穴中掘出的土就会从她体内生出。失去孩子的母亲都从内部被埋葬，达邦狄说完，又啐了一口沙子。

船长说那块墓地很难打听。这是座大城市，他解释道。达邦狄不明白，一个地方得有多大，才能不知道亡者散落何处？

"比看着孩子死去更难过的，"她说，"是学会忘记还活着的他。"

索萨船长不解地摇头。他轻声问我："但她儿子不是死了吗？"我回答："孩子会在死后更加活着。"王妃又咳，地面覆满沙子。葡萄牙人踌躇着退后一步。达邦狄平复了呼吸，说："女人和大地拥有同一张嘴。"她把铁锹递给葡萄牙人。"把我挖出来，"王妃要求道，"挖我出来，趁我还没被活埋。"

一名士兵向安东尼奥·德·索萨耳语："绑住她的手吧，在非洲，有些女人吃土自尽。"船长坐下来，铁锹放在脚上。他不知道该做什么，只听着做母亲的哀泣。

"我们每天都生出同一个孩子。"达邦狄说。脐带每天都重新长出，再被重新剪断。终其一生，母亲反复分娩，听见第一声啼哭，得见第一个笑容。分娩的整个过程被无限分割。

达邦狄做了时间肇始以来所有母亲都做过的事：收集离开了的孩子的足迹。地面因此变得鲜活，而大地拥有了子宫的弧度。

CR

一名士兵带来恩昆昆哈内要求见面的消息。在登陆前夕，国王想和他说些话。"那我就给他几分钟。"安东尼奥·德·索萨允准。我，永远的翻译，也下了恩古尼俘房的房间。"直到航程结束，我都在等你来找我。"恩昆昆哈内开口。他顿了顿，又说："我可以当俘房，但依然是国王。"过去十多年里，他一直被历任葡萄牙大使以礼相待。他始终抱有希望，期待被带去见与他身份相当的葡萄牙国王。安东尼奥·德·索萨始终安静地听。

"今天是 13 号，星期五。"船长说，"你不怕吗？"

国王不解。"这个白人是怕什么巫术吗？"他问。因为，对于他，加扎的统治者，那日期甚至带来某种安慰。他被一阵剧烈的咳嗽打断，吐出铁锈味的气息。国王在颤抖。不是因为寒冷，而是热病。

"我需要林姆医生。"他的呻吟几不可闻。

"我们这儿有最好的医生。"索萨安抚他，"现在别死，贡古尼亚内！"

两人大笑。又一阵咳嗽，葡萄牙人怕被传染，匆匆告辞。恩昆昆哈内向他伸出手。平生第一次，船长与黑人握手致意。这礼节比他预想的持续更久。他慢慢地抽出自己的手。恩昆昆哈内再次拉住他的胳膊，嗫嚅道："我很害怕，亲爱的朋友。"葡萄牙人又坐回俘虏身边，犹豫着措辞。最终，他从外衣口袋里掏出个瓶子，提议说："喝了这瓶酒吧。这一天你最好别太清醒。"

他终于回了指挥塔。恩昆昆哈内把酒递向我。我摇摇头，道了谢。国王把酒瓶送到嘴边，我听到缓慢的咕噜声。轮船的汽笛听上去像一头巨牛的哞叫。恩昆昆哈内扬起脸，孩童般的目光向天空探寻。

"如你所想，恩科西，"我说，"为了庆祝你到达，他们在献祭牲口。"

国王的笑容虚弱无力，但照亮了他的整个灵魂。一瞬之间，众神回归，恩昆昆哈内再不见恐惧。

"我们现在听到的，就是在我父亲葬礼上哞叫的那头牛。"

穆扎木西王后提议不去回想如此悲伤的事。我现在一定要说，恩昆昆哈内道。他回忆起父亲穆齐拉国王的葬礼。逝者的尸身被裹上牛皮，悬吊在大房子的屋顶上，在那里接受应得的尊荣。为队伍开道的不是王室的臣僚，不是军队的将领，而是因科莫·伊亚·伊德罗齐，"众灵之牛"。此刻响彻里斯本上空的，正是这头巨牛的吼声。

☙

这条河里一定有个太阳，才能够解释里斯本的光芒。我们眺望里斯本的山丘时，我这样向船长说。安东尼奥·德·索萨微笑着赞同，说这座城市应该叫"丽斯光"。

那是 1896 年 3 月 13 日。船傲然前行，缓缓驶过特茹河河口。四周，船比海鸥还多，大小、形状各异：汽艇、小划子、护卫舰，轮船、帆船、人力船，都载着围观的人群，喧嚷无休止。这是葡萄牙人的庆典，对俘虏来说则是世界末日的预告。

码头渐近，我们看到人群延展起伏，像又一片海。叫喊声传来：

"到了！贡古尼亚内到了！"

发动机熄了火。远处，形状奇异的大地醉得摇摇晃晃。我往下走回房间，想摆脱晕船的不适。我当心着台阶和我的肚子。我已怀胎六月了。

我们还没靠岸，一船又一船前来的记者就展开了攻势。他们兴冲冲地爬上甲板，畅通无阻地走进两月以来囚禁我那些同乡的舱室。中士催促我跟上记者。在那当口，阿劳若提醒说，我最好表现得像是个囚犯的妻子。翻译时我得用更非洲的口音。报社的那些人，中士说，是编故事、造丑闻的好手。不一会儿，他走向来访者，任由虚荣统摄心神。到了房间门口，他用杂耍艺人般的腔调宣布："就是这些黑人，亲爱的各位先生！"

记者们用毛巾捂住口鼻，打量那方寸之地。齐沙沙的声音传来，用他的语言议论道："幸亏我们不好闻。这样他们就不会过来。"

"那个是贡古尼亚内吗？"记者们指着齐沙沙问。他的话他们一个词都不懂，但敢于开口就说明他与旁人不同。

阿劳若中士掀开恩昆昆哈内蒙住身子的布。他不必躲藏。国王已不再有面目，只剩下新生儿般圆睁的眼。他不明白记者的贪婪。他们想要的只能是他的灵魂，而国王的灵魂留在了大洋彼岸。

恩昆昆哈内哭起来，记者们不知所措。他们在等他更体面的样子。摄影师迟迟拍不出梦寐以求的照片。房间变得拥挤，黑女人在咳出尘烟，还有个国王痛哭流涕。此地不宜久留。阿劳若快活地引导那群写手："跟我来，把这帮流浪汉带到船尾甲板那里去。"

恩昆昆哈内跟跟跄跄地走在俘虏最前面。他采纳了船长的建议：酒喝得太快，他的头脑都被酒精变成了不受约束的云。醉汉不会满足于悲伤。他们想要悲剧。他笃定自己的结局：像他在沙伊米特的那些臣僚一样被枪毙。他哭泣，哀求，以手掩面，为重获自由拿出不复拥有的一切：英镑、畜群、金子、象牙、奴隶、土地。他乞求堂卡洛斯接见。他想要证明他们

136

在骗他，想向他的卢西塔尼亚同侪宣誓效忠。

他等着我翻译他的哀求。我请戈迪多代为行事。王子全不推脱，他高傲的派头和熟练的葡萄牙语引人瞩目。头领们的儿子通常让人无法忍受：他们有多不成熟，就有多傲慢。日后，等人们知道这个戈迪多会写自己的名字，尊贵的夫人们定会追着他索要签名。

众王妃分到了红白条纹的披风。这是她们穿来祈雨的花色。我是预料之外的来客，没有分到外衣。那天以前，冬天对我来说只是书上的字词。眼下，冬天是支白色的箭，贯穿我的身体。我怕这支箭刺穿我的孩子。索萨船长在我肩上披了件黑色披风，说："挺适合你的，归你了，带上吧。"

∞

出乎意料地，随记者们一道来了个大人物：皇家特派员安东尼奥·埃内斯。他乘专用的汽艇前来，所有人都在甲板上夹道致礼。他要求看看俘虏。见到哭泣的国王，他摇了摇头。

"把他公开展出可不是什么好主意。"安东尼奥·埃内斯叹道，"会激起同情和怜悯的。某些报纸会乐于袒护一个可怜的黑人。"

"不能用齐沙沙替他吗？"安东尼奥·塞尔吉奥·德·索萨问。

埃内斯的回答是无可奈何的苦笑。这是个诱人的选项，埃内斯承认，但也是需要避免的冒险。如果这场宣传活动失败，葡萄牙会面临最糟糕的局面。

"贡古尼亚内太消沉，"皇家特派员道，"得让他精神起来。告诉他，葡萄牙国王要接见他。"

"那这是真的吗，大人？"阿劳若中士问。

"我们要让他以为是真的。撒个谎。他这些年就是这么对我们的。"

阿劳若中士在特派员座椅旁踱步。他紧张地踏在地上。鼓起勇气时，他的嗓音变得尖锐：

"恕我冒昧，尊敬的大人，这儿是不是少了什么人？"

"我不明白。"

"是不是少了莫西尼奥·德·阿尔布开克上尉？"

安东尼奥·埃内斯扶了扶眼镜，没有听到。那天是 13 日，星期五。那种日子里，有些话不该被听到。他离开了。他解释说，里斯本有要紧事等他。

甲板上只剩下难耐的静默。阿劳若中士执着地问安东尼奥·德·索萨："长官，请回答我：莫西尼奥不该在这儿吗？"

索萨回答时没把目光从海上收回。中士，他说，你该知道政客和军人的区别。政客知道或自以为知道什么时候该说话。军人学会了不说话。而不说话永远是对的。

ᘓ

我们终于被送到码头。先下船的是头顶包裹的女人。然后是男人，在阻拦人群的士兵的包围中走出。我们起先被安置在被称作军械库的大仓库。宽敞的屋子里，官员、记者、绅士和贵妇等着我们。屋外，喧闹声震耳欲聋。"我们这是在哪儿，船长？"我问安东尼奥·德·索萨。"我们在一家军工厂里。"他回答。"这是进入这个国家的好办法，"他说。"我们这些工厂，"他又道，"既不是工厂，也不属于我们。要做的东西从国外送来时就做好了。"

恩昆昆哈内坐在长木凳上。凳子有些高，国王的双脚在半空摇晃。他叫我过去，让我待在旁边。他得知道白人在说什么。达邦狄坐在长凳另一头。木头嘎吱作响，王妃瘦削的手抚过椅面。"我们在葡萄牙了，恩科西。"我说。"我哪儿都不在，"恩昆昆哈内说，"我陪着我儿若昂，在地面以下。"

看那些树，达邦狄叫道。都死了，死得连乌鸦都怕停在上面。树木被一条受人操纵的虫子蛀蚀。马路上、人行道上，枯叶卷曲，像受冻的寡妇，巫师王妃说。她又问："你们别怕，回答我：你们见过这样残破的景象吗？""我见过。"恩昆昆哈内答道。感到大限将至时，他父亲穆齐拉国王朝天射了支箭。刹那间，层云失去羽毛，碎落一地。

五辆马车停在我们面前。游行要开始了。士兵把我们推到马车边上。"看到了吗？"恩昆昆哈内问，"我不是俘虏，而是客人。他们用马车载我，我听说这是用来招待国王的。"

达邦狄没和其他俘虏一起。太冷了，影子都不离开身体。她跪在拉车的马前面，手指去刨铺路石间的缝隙。"那女人在干什么？"阿劳若问。"我们正踩在墓地上。"王妃说，"白人在逝者身上盖上石头，阻止他们回来。"在人们说有路的地方，她总看到坟墓。

马蹄叩击铺路的石头，像是廷哥拉，我家乡的鼓手。达邦狄说，马害怕自己的影子。所以人们才不让马休息。院子里驻扎了一队士兵。这时，鼓与马蹄以同样的节奏响起。马甩甩蹄子，像栖息在水中和祖鲁人梦里的伊坎扬巴。那巨蟒鼻孔喷火，眼里盛满河流与昏暗的原野。"马的眼睛适合哭泣。"达邦狄说。死去的叶子飞起，国王以为那是燕子，目光追随而去。他下令赶走。但燕子去而复回，从葬下他儿子的地表现身。葡萄牙的土也属于他。自从接收了他的血，那土地就是他的了。

⊗

俘虏开始被分配到各辆车上。前面三辆车坐着那十位妻子。第四辆车归厨子恩戈，他安置在包裹和草席上，那是我们仅有的行李。最后一辆车上是恩昆昆哈内、戈迪多、齐沙沙和穆伦戈。

葡萄牙人犹豫了一会儿，不知道把我安置在哪里。报纸早已说过有十个女人，我的出现会引起争议。他们决定让我坐厨子恩戈的马车，悄悄上路。

游行开始了。车队由三十名士兵护卫，在拥挤的人群中间强行辟出道路。成千上万人在人行道、马路上聚集，在树木或杆子顶上安席，从窗边、阳台上探身。所有人成为一体，汹涌如咆哮的海，洒下威胁与谩骂。他们朝地上吐口水，扔东西，要求斩下胆敢背叛之人的首级。

颠簸中，我从杂物之间向外探看。除了达邦狄，众王妃都显得好奇而放松。她们相信恩昆昆哈内的说辞：那些喊叫都表示欢迎。白女人的嘘声被当作木库伦加纳，那是她们自己在家乡用来欢迎客人的呼声。人群中偶尔能看到黑人。她们朝他们挥手，仿若重逢。然而，现实渐渐彰显，女人们变得像穿山甲：像共有一副身体般相互依偎，而这具躯壳蜷起，只露出坚硬的包甲。

男人们起初就陷于沮丧，因寒冷与恐惧而僵硬。但恩昆昆哈内慢慢显出平静又镇定的架势。他身上散发出的不是威仪，而是满不在乎。如果说目的是察觉不出受辱，国王喝了太多的酒。他在马车的颠簸中入睡。葡萄牙人没觉察他的困倦，想在恩昆昆哈内脸上看到整个民族屈服的模样。非洲人心不在焉，像国王该做的那样沉浸于自身。他们破口大骂，他毫无反应。他们扔来东西，他不为所动。达邦狄微微笑了，举起右拳，让手镯发出声响。枯叶从地面升起，打着旋回到树上。

第二十三章
地底下的房间

这就是他们的所作所为：用剑杀死没有神的生者，用十字架杀死幸存者的众神。

（恩瓦马蒂比亚内·齐沙沙）

我们走在蒙桑托要塞地下的阶梯，仿佛前往最后的住所。连亡人都不住这么深，恩昆昆哈内抱怨。地牢潮湿阴冷。水沿墙面滴落，旧物的气味弥散。"他们要活埋我们。"戈迪多喃喃道。

国王坐在石头地面上，让人帮他脱掉靴子。"我不需要这个，"他说，"我已经没有脚了。寒冷吃掉了我的脚，胃口大得很。"国王说着胡话：要是冬天再长些，也许他会习惯不用脚走路。他们不杀他的话，说不定他的脚下次会重新长出来。

我的眼睛适应了黑暗，看出这间屋子比我们住过的都宽敞。但是，在地下，一切都显得狭小。我们挤在一起睡觉。达邦狄拢住我。此后的夜里，王妃将是我的被子、我的枕头、我的炭火。

我们不知道醒来是早是晚，因为只有一扇小窗，开在墙的最高处。从那道缝隙，我们能看到里斯本的一小块天空。戈迪多爬上去，窥视聚在周围荒地上的人群。接下来的日子都将如此：要塞前的空地上，数百个看热闹的办起了集市，搭起棚子吃吃喝喝。那里贩卖着贡古尼亚内的明信片，还有记述了抓捕非洲国王之壮举的传单。摊上还有外形肥头大耳，名为"贡古尼亚内"的饼干。国王本人迷上了那些饼干，每天都将自己吞吃。

葡萄牙人和所有不幸的人一样欢庆，达邦狄低声说。因为他们没察觉这座城市受了诅咒。王妃向地上啐了一口。我们今天游行的道路，将流淌堂卡洛斯国王的血。莫西尼奥·德·阿尔布开克的尸首也会在那里倒下，像死去的树叶，落在城里铺路的石头上。

CR

我们像鼹鼠一样，住在别人的土地上挖出的洞里。达邦狄王妃清楚我们不幸的处境，却看不出难过。会有一日，她说，水将从石头缝里涌出，沿着墙壁爬升。她预言说，我们面临的挑战很明确：变成鱼的会存活下去。这是葡萄牙人经历过的事。

到今天为止，我们已经在黑暗里关了一星期。我听到了脚步声。一名守卫带来报纸，从门上的栅栏中间扔进来。这是让你念给其他人的，他对我说。我给加扎国王看那些照片。他笑起来，心满意足。"是葡萄牙国王命令他们报道我。"他宣称。我克制着没翻译那些标题。恩昆昆哈内被称作"凶残的野兽""嗜血的酋长""野蛮的暴君、英国佬的同党"。

随后，报纸被分发给俘虏。他们撕开报纸，仿佛量体裁衣。他们要用这些纸御寒。从不识字的人现在盖着文章睡觉。

第八天，有人来打扫房间，粉刷墙壁。人们低声议论，说堂卡洛斯要来蒙桑托。对恩昆昆哈内来说，这消息并不意外："我过去一向好好招待卢西塔尼亚王室来使。他们也会款待我，做国王的一贯如此。"

清扫和粉刷第二天就停了。堂卡洛斯国王取消了会面。据说这个决定是出于政治考量。他们把恩昆昆哈内带来，让他做众人瞩目的焦点，但这头加扎之狮的存在最终变得饱受争议。堂卡洛斯此行的受阻师出有名：他的妻子。恩昆昆哈内可以是非洲人，可以是葡萄牙的敌人，但不能在一夫多妻的罪过上如此逍遥法外。教会抗议，报刊抨击，社会各界响应着这项不满。众官员提醒堂卡洛斯：会见恩昆昆哈内就是认可这一背德之举。

恩昆昆哈内大失所望，让儿子遮上照亮地牢的唯一一扇窗。"他们不招待我，我也不要他们施舍的光。"他说。仿佛墙外还有人听，他大声控诉："是他们邀请我和七个妻子一起来的。他们来莫桑比克的时候，我哪次计较过有几个妻子做伴？"

CR

我不太需要太阳。我更怀念月亮。我已不再去看月光。也许正因如此，我才总是想起热尔马诺。关于他的记忆和我不再凝望的月光一样到来。达邦狄让我远离那些回忆。她叫我唱歌，用自己我的语言唱歌。"那是什么语言？"我问她。她沉默着走开。

接下来几天，有宫中贵妇来访。她们用手势讲话，很快说明来意：她们说，要教化她们的非洲同类。

第一堂课的中心是正确使用餐具。黑女人可以用意义不明的语言骂她们，但不许徒手用餐。用手指吃饭，和一夫多妻一样，是世所不容的粗鄙之举。

参观过后，葡萄牙女人到教堂做忏悔。她们待在一间告解室。"上帝不许一个男人有多个妻子。"其中一位对我们说。"这儿的男人只有一个妻子吗？"达邦狄问。那葡萄牙女人笑了，没有回答。

宫廷贵妇的访问最终被禁止。从那以后，王妃们的时间大多消磨在牌上。她们一边打牌，一边互相梳理头发。她们对那种无止境的闲适并不陌生：她们的生活向来不太忙碌，从前，加扎王宫有人替她们操劳。恩戈、戈迪多和穆伦戈编起篮子和珠串项链。齐沙沙在从船上带来的本子上学葡萄牙语。恩昆昆哈内喝酒、咳嗽、睡觉。老穆伦戈不停来回踱步。他做了所有俘虏都会做的事：数着步子，令牢房再没有大小之限。他为自己一个葡萄牙语词都不认识而感到愉快。和身上涂了因蓬杜汁液的祖鲁战士一样，他也变得不可见。他的不在意让墙壁不复存在。只有他没被囚禁。

在屋子里属于我的那一角，我一直在履行唯一的指责：孕育。肚子就是我的沙漏，随时间流逝渐渐填满。我现在怀胎七个月了。我按达邦狄的提议唱歌，但唱的是无词的歌。人不选择在哪种语言中出生。唱给孩子的歌是分娩后仍存续的子宫。

我每晚都在达邦狄怀里睡觉。寒冷需要更成熟的躯体。现在，我的孩子安放在这个双层的子宫里。他还没出生，就有了不止一个母亲。夜里，所有人都睡着，我取下遮住窗口的布。我无法入眠，仿佛露出水面的溺水之人，紧紧盯着天空。从来没有失眠，达邦狄说。有的只是入睡的另一种形式。在这另一种睡眠里，我听国王抽搐着呻吟、咳嗽。那不是病，达邦狄坚称。有人想从他的身体中分离。国王比我怀孕更久。有恶灵住在他身上，吞食他的胸腔，碾磨他的膝盖。

从昨天开始就听不到周边恼人的喧闹了。集会遭了禁令。商贩收起棚子，换个地方售卖加扎之狮的画像。"他们怕我，"恩昆昆哈内讥刺道，"我可是曾经要和他们的国王一决高下。"

也许每个俘虏都有自己的消遣。但我们有共同的事做：睡觉。衰老与监禁传授同样的道理：睡眠会消灭时间。葡萄牙人口中的"加扎之狮"在我身旁打鼾。这个称号肯定了他作为国王的尊荣。对于狮子，欧洲人会赋予三种归宿中的一种：或猎杀，或关进动物园，或在马戏团驯养。加扎国王则集这些归宿于一身。

CR

日子过得平淡无奇，直到一个灰暗的下午，要塞的医生前来察看。有人向他说起恩昆昆哈内的胸口痛和发热的症状。病人接受听诊时，达邦狄王妃宣布了她的诊断：国王胸中有一只鸟。夜里能听到那只鸟的叫声。是希柯瓦，一只猫头鹰，达邦狄说。得把它赶走，王妃表示。医生摇摇头。是病，是胸膜炎，他以权威的口气宣布。

第二天，他们用担架抬走了恩昆昆哈内。戈迪多随父亲同行，充当翻译。女人尖利的哭声混入车子载国王去医院时的鸣笛声。众王妃哀恸不已。她们无法在异乡和丈夫告别。她们要来刀片，剃掉了头发，要等丈夫回来才再留起头发。夜里，达邦狄不再抱我。国王不在时，她不能碰我。我不纯洁，她解释道。我身上带着个混血儿。

CR

从医院回来，恩昆昆哈内身上有了健康，头脑中有了打算。在病房时，他儿子戈迪多听到些谈话，得知了一件让卢西塔尼亚宫廷上下夜不能寐的事：阿尔瓦罗·安德烈亚的报告。沙伊米特盛举的另一个版本是颗正待爆发的炸弹。共和派迫切地想要传开这份文件。王朝的英雄事迹面临被粉碎的危险。

恩昆昆哈内要求面见要塞司令。他要和狱方谈判：他会为莫西尼奥的说法作证，只要为他提供更好的监禁条件作为交换。这要求见了效：第二天，我们住进两个大房间，通风良好，还备了换洗衣物。此外，我们早上还能待在外面的院子里。当天，我在草地上舒展身子，撩起外衣，让阳光温暖我的肚子。我的孩子得知道他来自另一片土地，那里满是热与光。

阳光不仅是馈赠。我已不再做祷告，而把阳光当作良药。每天早上我都在院子里舒展身子躺下，双脚向南，脚趾触碰故乡的村庄，躺到皮肤开始烧灼。我渐渐喜欢上里斯本和它清澈蔚蓝的早上。会有人只为天空就爱上一片土地吗？

在被阳光照亮的时间里，我想着故乡的女人。我得出结论：如果说这座要塞里有王后，那就是我。同行的这些女人，和在我们国家生活的穷人所差无几。要不是离开了村子，我就是几百年来走进丛林又背着干柴回家的那些女人中的一个。那是她们自从学会走路就背上的责任。她们的双臂比身体其他部位长得更快，是为了更好地侍候男人。表面上，她们是为家庭操劳。但不止于此：她们是在积攒点燃世界的柴火。将有一日，我家乡的女孩会走进学校，手上拿起书本。在里斯本那些阳光灿烂的早上，我这样梦想。

&

过了几天，他们给我安排了单独的房间。我还以为是优待，但其实是惩罚。我在那里接受了要塞司令的接见。他指令明确：我要从俘虏嘴里套出情报，再汇报情报的内容和来源。恩昆昆哈内和齐沙沙是秘密的所有者。葡萄牙人确信，虽然身在远方，这些俘虏还在指挥莫桑比克的抵抗行动。这个想法也许过于强调阴谋，但战争确实没有随加扎国王被监禁而结束，马普托和马古德附近出现了新的叛乱中心。

这些消息是葡萄牙政治宣传的绊脚石。如果说这对葡萄牙人来说是坏消息，那么于我就是真切的灾难：每天夜里我都从翻译变成告密者。我没有选择：要么揭发我的族人，要么分娩后就被送回莫桑比克。我将独自远行，失去孩子，失去热尔马诺，也失去我的梦。

我最终编造了事实，来满足监禁我的人。假与真之间仅有的区别在于说服与否。于是每晚都有书记员记下臆想的密谋。最糟糕的是，我渐渐在那些虚假的检举中创造出乐趣。

直到从加扎传来消息：有人杀了马吉瓜内，那个变成了鸟的战士。他们谋杀了那个维持了恩昆昆哈内王国最后一点火星的人，斩下了他的首级。他的死必须有见证：他的头颅被用铁矛挑起，挨个村子示众。数日以后，头颅上爬满苍蝇，腐烂得面目难辨。人们看见就低头跑开。他们不必见证。他们用葡萄牙人不知道的方式了解真相。

送来这消息的是莫桑比克来的一名恩古尼人。他带了神树温法法的树枝。那根树枝在马吉瓜内殒命之处折下，以使亡魂移入其中。

树枝被送到这名信使手上，让他到葡萄牙来。他一路与树枝交谈。坐下时，他会要两把椅子，留一把安置树枝。他的饭桌上总是多一个盘子。他会在船边大声描述停靠的港口。水手笑他谵妄，不相信船上载着死去的马吉瓜内·科萨，那个令人闻风丧胆的敌军将领。

现在，这根树枝送到了国王手中。国王攥紧满是利刺的枝叶，血珠滴在房间的石头地面上。"是谁杀了他？"恩昆昆哈内问。"是莫西尼奥。"信使用祖鲁语回答。加扎国王让他退下。他把温法法树枝放在自己的床上，盖上被子，低声说："你来找我了，我亲爱的战士。我们的故乡不剩一丁点土地能安葬你了。"他被一阵突然的咳嗽打断，然后接着说："我向葡萄牙人说过你是个叛徒。我是为了保护你撒的谎。而你把我的命令执行到了底。"

齐沙沙暴怒而起，从恩昆昆哈内手中夺过树枝，掰成几截扔出窗外。恩昆昆哈内怔住，王妃纷纷哭起来。他们从未想到会目睹那样严重的渎神，亡魂的住所会遭到如此不堪的对待。"全是假的！"齐沙沙喝道。他诘问道，我们这才到里斯本，就有人从莫桑比克带了消息？信使是坐什么船来？齐沙沙断言，只有醉鬼会相信那种鬼话。又或者，也许是恩昆昆哈内想用那种方式说明马吉瓜内·科萨已死？

CR

又一件好事宣布：俘虏获准自行准备餐食。达邦狄很高兴，但不想让年轻人恩戈做饭。她带着锅来敲我的门。

"把这些藏在你屋里，只给王妃们用。"她说，"我们不能让男人为恩科西准备食物。"

"为什么？"我问。

"向来如此。男人点火，女人用火。"

厨房里有严格的习俗：灰烬要撒向四个方向，村庄才能得到净化。现在，这座监狱就是我们的村子。

"让恩戈做吧，"我请求道，"他要是无事可做，会被白人扔进海里。"

王妃拿木炭在每口锅底部画上十字。"好了，现在锅全都受保佑了。"她叹道。"白人的巫术很厉害。"她说。"做饭不是准备食物，孩子，而是让众神在我们桌前就座。"

达邦狄说，我们忘了从前怎样布置屋子，接待那些看不见的客人。在我们家乡的院子里，男人南面而坐，妻子则坐在对侧。北风被称作恩瓦伦戈，也就是"男人"。南风则叫宗加，这个词也指女人。这些规矩不再受重视。在如今的新家——达邦狄称之为被埋葬的船——没人还分得清东西南北。神灵要是有一天来救我们，也没法知道到哪里去找。他们能够穿越广袤的海洋，却将在我们的门口止步不前。

只有梦来见我。那夜，我梦见了不可能梦见的人：我将要出生的孩子。梦里，我的孩子正要在恩科科拉尼的教堂受洗。所有亲戚都来了，无论是否在世：父亲带了他的马林巴琴，母亲手中拿着那根吊死她的绳子；我哥哥杜布拉披着他的战袍，弟弟穆瓦纳图穿着他缀了补丁的葡萄牙军装。最后到场的是浑身是土的桑贾特拉爷爷。他咳嗽时佝起身体，仿佛咳出一路上所有矿藏中的尘土。他郑重宣告：

"我穿过土层来出席这场洗礼。这孩子就是我。"

祷辞被高声念给被贩奴船带走的和死于战争的人。每个名字上都淌着海水。女先知比布莉安娜呼唤起失去音讯的人，教堂的墙壁开始吱呀作响。她抬高声音，墙上裂开缝隙。直到天花板飞起，很快飘向高处，最终如醉酒的飞鸟在天上乱撞。

比布莉安娜带来盛了海水的瓦罐。她请求鲁道夫神父把水浇在我的孩子身上。孩子呛得边哭边咳。女先知举起他，宣示道："诸海如同鲜血，看似众多，实则唯一。"

比布莉安娜从身后坚定地抱住我。我抓紧她的双臂，加深了那个拥抱。

那时是上午。我碰响了达邦狄的手镯，惊醒过来。

第二十四章
残破的身体

并非所有野蛮人都是我的敌人。但只消与我为敌就足以成为野蛮人。

（齐沙沙转述阿劳若中士的话）

一天夜里，帕迪伊娜和谢斯佩闯进房间，叫醒了我。两位王妃催我快些，说国王正在发疯。她们带我到一间漆黑的屋子。我心下疑惑：灯为什么都关了？床上有人躺着。我突然被许多推搡我的手臂包围。是那些王妃抓住了我，把我拖向床边。我吓得忘了大叫。她们制住我的双臂与双腿。穆扎木西王妃用一只膝盖压在我胸口，喝问："看看这是谁！"她打了个手势，齐沙沙的三位妻子走上前来。

同一种意味不明的笑容扭曲了她们的脸。最年长的王妃激动地指责我："你以为自己是白人吗？穿鞋走路，打扮没规没矩，还没做母亲，和男人说话时就不垂下目光。我们知道为什么：你是个女巫，想把我们的丈夫变疯。你做到了。我们看见丈夫的睫毛在夜里燃起。达邦狄告诉我们，他们梦到了你。"

穆扎木西加重语气，又道：整个加扎王国最受尊重的母亲都在她们之中。但她们仍是女人，无论何时都被视为僭越者。

主母向丈夫宣布裁决："这女人有罪，罪在不把你当男人尊重，罪在伤害你作为人的尊严。处置她，展现你的权力吧！"

"达邦狄！"我绝望地喊。

她不在要塞里，其他那些妻子告诉我。她被带进了城。"你只有自己了，你那些长官不在，那个保护你的女人也不在。"恩昆昆哈内挪过来，像又黏又黑的大蜗牛。我的半边身子被他沉重的身躯压住。一只手捂住了我的嘴。我努力在黑暗中分辨，看到了国王贴上来的脸。

"别动我的孩子，恩科西。"我哀求道，抵挡着捂在我嘴上的手。

国王应下我的请求：他坐在床上，脚踩着冰凉的石地板。他让那些女人出去。他想和我单独待着。穆扎木西指使道："我们要听到这蛇妇的哀叫。"她们离开了房间。

屋子里现在只有我们两人。恩昆昆哈内坐在床边，盯着膝盖看了一会儿。然后他头也不抬地说："你只是个受雇监视我的乔皮女人。"

没必要否认。戈迪多听过守卫聊天。他们不知道他懂葡萄牙语。他们说起过我，伊玛尼·恩桑贝，还有我向要塞司令出卖的那些秘密。我工作的实质已经无人不晓。

"我的告密救了你，恩科西。"

"什么时候？"

"在船上。是我让马沙瓦的计划流了产。"

恩昆昆哈内猛然拽住我的胳膊，仿佛要把我拖向深渊。黑暗中，我觉得身上压着整个世界的重量。加扎国王赤着身，不容反抗地扑到我大腿上。他酸臭的口气让我恶心，牲畜气味的汗液令我反胃。

"叫啊，挣扎啊，喊出来！"他对我耳语。

我没明白。"假装我在强暴你。"国王又道。他的身体抽搐般晃动，使得床嘎吱作响。突然间，一切都明白了。我加入了那场模仿。我喊着母亲，喊得太过真切，浑身疼痛，泪流满面。真实的痛苦从未伤我这样重。

国王站起来，到沐浴处假装清洗。他趁水从桶里倒进另一个木桶时开

151

口。"她们知道，"他说，"我现在不举。"他用手搅动水面，需要水声的慰藉。"你之前说得对，我几个月都没当过男人了。"林姆医生将这归咎于酒精。但国王不信。"瑞典人不懂我们的巫术，"他说。"让我衰弱的不是酒，而是我那些妻子。"

她们把我送到丈夫手上这事，不过是个伪装的陷阱。恩昆昆哈内这样认定。众王妃确信他不举，正如对我的耻辱毫不怀疑。但国王已经想出对策。

"现在轮到我惩罚那些女人了。"国王说，"演下去，伊玛尼。"

"我不需要演，恩科西。我已经受了侵犯。"

恩昆昆哈内摇头，带着空洞的微笑。因为他现在才明白，葡萄牙人带他来不是要杀他。他在登船时就已死去。在他的子民面前，莫西尼奥饶他一命时，他就被处死了。当一位君主表现出终有一死，流露出人性与脆弱，或拜倒在其他君主脚下，他便已经死去。"你不可能受侵犯，孩子，"他激动道，"因为你不是和活人同床共枕。"

我从漆黑的房间离开。怀着破碎的灵魂和眼中的泪，我从愣在走廊两边的王妃中间穿过。我感到她们的目光像刀子扎在背上。我关上房门，双手在肚子上交叠，心想：那些王妃对我做的事真坏。但生活对这些女人做的事更坏。她们嫉妒我，这毫不奇怪。她们被称作王妃，却没有一个想过掌握自己的生活。

∞

有人一早来找我。在等候室里，他们说，有人从远方来见我。肯定是圈套，我穿过一连串宽敞的大厅和昏暗的走廊时想。说不定是热尔马诺，我想着，心脏就要从胸腔跃出。他赶来见证我们孩子的出生了。

为我引路的士兵指向高高的天花板，骄傲地说："这全是钢筋混凝土做的，全世界的炮弹都打不下来。"我走进铺了大块红色地毯的陌生房间，里面同样红的单人沙发上坐着个瘦小的女人，黑色的头巾底下露出白发。她正在织一件与座椅、地毯同色的衣服。一时间，她好像正织出那一整片昏暗之地。她抖抖手肘，免得线在针上打结。

"这是给我孙子的，"她说，"他将在我织完这件外套那天出生。"

我现在确定了，眼前是劳拉·德·梅洛，热尔马诺的母亲。夫人从容起身，毛线团滚落到地毯上。线团跟在她身后，像只温顺的猫。她拿正在织的衣服凑近我的脸，不满地摇头："你比我以为的还黑。我该挑个更浅的颜色。"

我趴在地上追着线团，想要有点用处，不只是有用，还想显得顺服。我就着膝盖着地的姿势，双手捧起线团。劳拉·德·梅洛视若无睹。"别过来。"她命令我。她突然抬手，猛地把针扎进毛线中间。线团缩起来，发出活物垂死时的呼噜声。

劳拉夫人似乎回过神来，画了个十字，重新看向我："我不希望我们之间有亲近的举动。不会有什么比我们互生好感更糟。"

她从头到脚地审视我，眼睛里是和热尔马诺同样的蓝色。

"我来这里只有一件事，"她说，"把我儿子寄来的一封信给你。"

她从衣服口袋里掏出一个信封："拿着，这是给你的。"她朝我伸出手。见我愣着，她不耐烦地晃晃那封信。她抱怨道："热尔马诺总喜欢写信。希望他能放弃这种癖好。写信是女人的事。"

我终于接过信封，还没拆开，就拿到面前，深吸了一口气。"我也这么做了，"劳拉微笑着说，"我没在以前的信里闻到过儿子的气息。现在有了，热尔马诺又变回我的儿子了。"

她年迈的母亲，劳拉说，从前闻她的头发来了解她的健康状况。到了最后的时日，老夫人不能吞咽，就以香气为食。早上在她的枕头上放上橘子皮，晚上把薄荷碎撒在枕边，她年迈的母亲就含着笑意入睡。年迈的母亲最终说道：

"不用这样，"劳拉说，"不用闻这封信，孩子。你见不到你的爱人。"

拿着手中的信走进走廊时，我听见她可怕的话：

"他不会来的，孩子。我的热尔马诺会留在非洲。"

我沿冰冷的走廊返回，跟着来时曾为我解说的士兵。我望向混凝土天花板，希望房屋在我头顶坍塌。

ᘔ

我在屋里歇下，房间显出前所未有的狭小。门开了，我没睁眼，听到了达邦狄的哀泣。我想不出我有多疲惫。

"他们杀了他。"王妃哭喊。她从城里回来，去过了儿子的墓地。是戈迪多陪她去的。

"他死以后，他们又杀了他。"王妃低声念道。这是她那天早上确认了的。人们按照白人的习俗葬下他，但没想到送信给莫桑比克。所以一直没在那儿做应有的祷告。她唯一的儿子若昂·曼格则，来到葡萄牙时身为王子，入土时却像被除了籍，无名也无姓。现在他像野鬼希波骨一样四处游荡。

"你知道我为什么要去墓地吗？"

答案十分明显，我仍旧不语。达邦狄现在平静了一些，脸上甚至浮出浅笑。

"我是去看逝者，但也是去给他看看他弟弟。"

我跑过去抱住她。从旅途开始，我就怀疑达邦狄有身孕。那一刻实在太快乐，我决定不提刚才受的侵犯。但我什么都瞒不住。王妃退后一步，更仔细地打量我。"你怎么这样悲伤，伊玛尼？"她问。"热尔马诺不会来了。"我回答。她说她已经知道了。已经知道了，王妃总这么说。我相信她。

达邦狄一面望向无穷之处，一面用手抠墙。然后，她用沾了石灰的手指，在我胸前画了个白色的圈。

"分娩的时候，"她说，"你会变空。"

"空？"我不解地问，"不是相反吗？"

"现在不说这个。"她说。

我坚持要听，于是王妃娓娓道来：众神将赐予我成为母亲的幸福。但希克文波同样也要表示他们的不快——我的无视让他们失望。

"他们会从内部除去你。"

"除去我？什么意思，达邦狄？"我不安地问。

我的命运会和无花果树翁邦贝一样，被自己的根吞噬。王妃说完这些话，离开了房间。这预言夺去了我的睡眠。此时夜晚是无底的井，在我决定读热尔马诺的信时变得更深。我拆开信封，有什么东西在我体内破碎。

☙

亲爱的伊玛尼：

这封信并不好写。所以我不绕圈子了：我不去里斯本了。不会有船，不会有远航了。我留在洛伦索·马贵斯。我们得晚点再见，在莫桑比克这边，也可能在对面的葡萄牙。

我不想伤害你，不想失去你。我对你曾有过、现在仍有的爱都完全真实。你不能怀疑我的忠诚。这次的分离另有原因。我可以做你的丈夫。但我不能做孩子的父亲。我曾被关进葡萄牙的监狱。我曾被关进没有墙、没有门、没有栅栏的莫桑比克。我不想被关进家庭生活里。这是我从已婚的同僚那里学到的。夫妻生活是最漫长的监禁。或许是因为我病了，或许是我从前缺了个家。我父亲信奉一种特别的无神论：他不信幸福。他说起过村里的人："越傻就越幸福，越蠢睡得越香。"

做这个决定还有另一个原因：君主制被推翻之前，我不能回葡萄牙。否则我会被立刻关进地牢。你将失去丈夫，独留一身。我们的孩子将不认识父亲。

不要可怜我。我在这里很好，伊玛尼，比过去在我出生的土地上还要好。母亲曾在我奔赴战场时哭泣，哭得好像我要离开一片乐土。她错了。在非洲的战役中，我比从前获得了更多安宁。

请原谅这些话的简短。但这是最赤裸的真相——战争剥去了人的衣服，死亡的迫近暴露出不着衣物、不加修饰、不做伪装的人心。而你要相信，伊玛尼，人心不是什么让人乐见的东西。所以眼下你最好与我保持距离。我们曾拥有、曾完全拥有的爱情将存留下去。言语无法形容那份爱情，缄默也不能让人忘记爱给我们留下了什么。

你不知道最后这些话写得有多难。

你的，永远是你的

洛伦索·马贵斯，1896 年 3 月 21 日

热尔马诺·德·梅洛

另：也许我们不会再通信了。我必须鼓起勇气才能向你吐露一切。我们面对的是强大的政府和军队，他们将人杀害、拘捕或分离。然而，还有比一切政府、军队都强大的东西，就是包围着我们的败坏的思想。要反抗这迷惑人心的包围圈的暴行，我们能做的很

少。孤岛或流亡都不能把我们从那个愚昧的国家救出。

我上面写的都是真心话。我的确不愿与你做安稳过小日子的夫妻。我的确对生儿育女缺乏兴致。但我们的感情不是被这些原因毁掉，而是在远早于我们相识、远早于我们出生时就被摧毁。正是促成我们相遇的事让我们的爱情变得不可能。我们这样分开，将比一起生活更接近彼此。不然，你会因为是黑人受人唾骂，而我会因为做黑人的丈夫遭人嫌恶。我们起初会反抗，但最终会屈服于偏见无形的武装。我们仅有的制胜之道是拒不参战。我们的爱情会像这些书信一样活下去，只有你的目光能够唤醒这些我们令其沉睡的言语。

第二十五章
降生者

只活一半的人会得到对生活的双倍恐惧。

（恩科科拉尼谚语）

在家乡，女人怀胎意味着整个家族有孕。孕妇的身体再次不属于自己：就这样被借用，交给丈夫，给公婆，给孩子的父族。连分娩的疼痛都不属于她。因为习俗如此：不是女人在分娩，而是先人向婴儿注入新生。女人就像一束月光，只是反射出的其他各个天体的光。

五月二十五日夜，我在疼痛中醒来，双腿尽湿，被褥也被浸透。我喊来达邦狄，达邦狄喊来穆扎木西。穆扎木西谁也没喊，因为她是大夫人，是王后恩科西卡齐，还是经验最丰富的助产士。其他女人都安静地退出房间。我跪在这位最年长的王后面前，胳膊架在她肩上。穆扎木西也跪着，扶住我的腰。她双手湿滑：我身上刚被涂上油，帮我的孩子离开我。

分娩的疼痛是刺进背里的匕首，潮汐般忽来忽去。我突然忘记自己才十五岁，忘记我还是个孩子。我的身体有另外的年纪，服从另一种力量的指使。提问时，连我的声音也与寻常不同：

"我还好吗，穆扎木西？"

"需要还好的不是你，而是那个要出来的。"王后说。

她也除去了我。随着分娩进行，我也在渐渐清除自己。疲惫伴着疼痛，我已经无法靠脊背和双臂维持跪姿。是穆扎木西撑住了我，她流的汗比我还多。"我的孩子，"为了获得勇气，我开口道，"你让人想起桑贾特拉爷爷，还没出生，就这么固执。"穆扎木西不觉得有趣。在她看来，眼下的拖拉说明我不忠。我必须说出与我一同背叛的男人的名字。"说是谁，"王后坚持道。"热尔马诺，"我几乎无声地低语。"不是他，说那个第三者的名字！"助产士一再坚持。我太痛苦、太疲惫，想要编造一出背叛。然而，就在那一刻，我的孩子终于离开了我。我好像又出生了一次。透过满含泪水的双眼，我看见热尔马诺抓着我的手。

我没觉出脐带被剪断。我没觉出我们已经分离，任何创伤都不能阻止我们仍旧一体。孩子被举到我面前，肤色发黄的他在上面飞行，一双小手在空气里抓刨。他浓密的浅色卷发和我在教堂见过的画里的天使一样。我听见他嘹亮的抗议，和他一起哭。穆扎木西叫我别哭。我在召唤恶灵。

我闭上眼，呼唤热尔马诺。我没法独自度过那个时刻。高大的助产士在我身旁走来走去。胎盘和血被小心清理干净。"这是为了不让人伤害你。"穆扎木西解释。

"为什么要帮我，为什么保护我？"我问。

王后没有回答。她让我脱掉衣服。她会带走我的衣物，撕成无法辨认的碎片。关门时，她明白地指示，接下来几天不能让男人进我的房间。我笑了：哪个男人会有这种想法？连热尔马诺都在远方，在另一个国家、另一个季节等我。

☙❧

几小时后，达邦狄来看我。"我怀孕了，"她说，"我可以碰你的孩子，别担心。"有月经的女人——我们说她们排出月亮——被禁止触碰新生儿。她不一样。

159

王妃怀抱婴儿起舞。"你要叫他什么名字?"她问。"叫桑贾。"我回答道。这是桑贾特拉爷爷挑的名字。王妃耸耸肩。这决定应该由父亲来做。热尔马诺以后会不高兴的。

我请求达邦狄解释:她曾预言说,我分娩之后会变空。她用了这个词:空。她说众神会从内部除去我。

"我从未感到自己如此充盈,你说的空是什么?"我问道。

"以后再说。"

"现在告诉我,达邦狄。你说的诅咒是什么?"

"现在你的孩子生下来了,"她回答,"你将再也不会说白人的语言。"

我笑了,并不相信。不可能。那种语言是我身体的一部分。

"你不信?"王妃问。"那你试试说葡萄牙语。"

我笑着摇头。我尝试说出几个词,听到的与说出的不同。我又说一遍,还是不一样:我想的是葡萄牙语,说出的却是乔皮语。总之,诅咒是真的:从今天起,我再也不会说葡萄牙语。王妃说得不错。我的根正在吞吃我。我请求着,哀求着,让她把我灵魂的声音还给我。"那从来都是你的错觉,"王妃解释道。

"你的灵魂另有声音。"王妃说,"从今以后,你将不再为葡萄牙人效力。"

不是惩罚我,她说着,把孩子放在我怀里。相反,她只是在把我的一部分还给我。

☙

第二天,热尔马诺的母亲前来探望。她仔细看向那张简易的婴儿床,欣慰道:"他可真白!"我费劲地站起来,双手出于习惯扶着肚子。我兴奋地问:"他漂亮吧,劳拉夫人?"

"别套近乎，孩子！我可以做他奶奶，但我不是你婆婆。"

过几天她会来接这孩子，她说。她没有恶意，只是履行曾向热尔马诺做过的承诺。本可以不这样，她说，但凡我有照顾孩子的条件。

我用胳膊护住我的桑贾，暗自发誓：要从我这儿抢走他，得先破开我的身体。我无力地哭起来。我让客人走开，但正如预言所说，语词拒绝服从我。"方巴—奇亚，劳拉夫人！"这是劳拉听到的。然而，这句话产生了相反的效果。葡萄牙女人坐到了我床上。

"我孤苦伶仃的，"她叹息，"多希望有个人照顾我。"

她望向孩子，没去碰他。她丈夫从未认真做过父亲。而热尔马诺，她说，如出一辙。

离世前夕，男人头一回说出他爱她。她泪流满面。"你怎么哭了？"他问。"我不想被爱。"她抽泣着回答。那句告白远非馈赠，反而让她想起生活没给她的一切。

多年后，丈夫去世时，劳拉开始躺在墓石上睡觉。不是因为怀念，而是怕亡魂还能归来。她的身子是石头，是石板，封印她的老伴。黎明时分，神父来找她。神父强行拖着她穿过村子时，她呼喊着丈夫，但叫错名字：她哭喊的是热尔马诺。她没被关进精神病院，是因为，她说，那村子已经是个疯人院。她从墓地旁走过，看见坟前花朵枯干。那衰败景象并不令她难过。心中的淡漠是她免于哀恸的证明。丈夫去世之前，她已经是个寡妇了。

ↂ

一周后，劳拉夫人回到要塞。她来接孩子。我不让她靠近，抱起孩子满院奔逃。卫兵追着我。我想起几百年来所有为了救孩子而奔跑的母亲。那些女人的力气和绝望现在来到我身上。我在院子里飞奔，最后被困在洗衣池之间。劳拉夫人大喊，小心点，地滑，别摔了伤到孩子。

突然间，洗衣池后面冒出那十位王妃。她们都握着刀，在我身旁排开，威慑卫兵。"这是我们所有人的孩子。"穆扎木西说。那是从前发下来教化她们的刀，此刻在她们反叛的姿态下熠熠生辉。从前的餐刀现在成了武器。每次她们清洗餐具，都会有一把刀消失。葡萄牙人从前任由她们用手吃饭的话，现在就不必与她们对峙。

透过房间的窗子，醉醺醺的加扎国王看着外面笑起来。很久以前，他动过组建非洲娘子军的念头。那不是梦，而是噩梦。现在，女人正在那里与白人士兵对峙。那些士兵最怕的不是那几把小刀。仅仅是受到反抗就让他们害怕。他们学会了抗击军队，但不知道怎么战胜十个女人。

但那场战斗在开始前就已是定局。女人们被制服，我的孩子被从我怀里抢走。劳拉夫人用毯子裹住他，快步离开。孩子的哭声消失在远处，最后我只听见水倒进洗衣池里。往后都将如此：水声将是我幼小的孩子仅有的声音。

第二十六章
放逐与漂泊之间

伟大的国王不在战争中指挥他的国民，而是让战争远离国民。

（齐沙沙）

六月二十二日傍晚，一群士兵冲进俘虏的房间。他们喊来恩昆昆哈内、齐沙沙、穆伦戈和戈迪多，命令他们收拾行李。"行李？"戈迪多问，只有他听得懂他们的话。他们连忙把极少的个人物品卷进包裹。他们连这点时间都没有。

恩昆昆哈内坐在地上落泪。现在，从士兵推搡他时的急切和粗暴，他相信这回要枪毙他了。他们的妻子又哭又号，士兵用力拉开那四名俘虏。我漠然看着那一切。我的儿子被带走了，其余都不再重要。

士兵叫我去跟着那些俘虏，他们不信任戈迪多的翻译。我们坐上两辆马车，城市空空荡荡。行动秘密进行。赞比西号等在码头。他们这时才告诉我：这些人会被流放到亚速尔。还得在码头上等一会儿。恩昆昆哈内平静了些，明白了自己不会受折磨。他一副落魄模样：双脚赤着，衣角翻起，裤子破破烂烂，头发也乱七八糟。

"全都是骗子，这些白人。"加扎国王说，"我们什么时候像他们对我们这样对待他们？抓起来，带到异国他乡，再像畜生一样示众？"

"我们抓过俘虏吗？"齐沙沙反诘。

"你怎么向着白人说话？"

"我们不比他们强。我只是在说这一点。"

"你说这么多，齐沙沙，都是因为他们想要的不是你的命。"

"问题不是这个，亲爱的恩科西，问题是他们不知道该怎么对我们。"

恩昆昆哈内背过身，说他听不懂聪加人的语言。"那是你我一直在用的语言。"齐沙沙说。他挑衅地跟上国王的脚步，继续道："你，国王，听不懂不是因为我的话。你听不懂是因为我的身份。去感谢葡萄牙人放过你吧！"齐沙沙在被推进船舱前大喊。"感谢他们吧，恩昆昆哈内，你过去不是一直这样做吗？"

我看着船载着那群俘虏在雾中远去。回要塞时，我想：只是放逐，还不足以让这些叛乱者离开莫桑比克。他们的流放之处必须没有土地。

ᏣᎦ

第二天，安东尼奥·塞尔吉奥·德·索萨船长来看我。他惊讶于国王不在。将俘虏送往亚速尔的决定十分隐秘，连他都不知道。他送给我一束花。他知道我已经生产，想看看孩子。

"大胖小子呢？"他问。

我想说孩子被带走了，但哭泣夺走了我的声音。船长惊怵，以为孩子死了。他听不懂我的话，不明白我为什么不和他说葡萄牙语。我装作嗓子出了毛病，向他要来纸和笔，写简短的话给他看。"孩子被带走了。帮帮我！"

"我会试试看。"他应道。

我松开手，让笔掉落，墨水洒在我腿上。我一边说，一边哭，一边比画。"他还那么小，"我吃力地说，"差不多才巴掌大。"我一直举着手，仿佛还抱着他。

"男人不知道，船长先生，第一次抱起孩子时，我们才开始长出手掌。"

我的头倚在客人的肩膀上，就那样靠着，一面流泪，一面倒出一连串伤心又翻译不出的怨诉，说出口的全是乔皮语。葡萄牙人装作听懂，为我不明不白的激动而忧心。我从未见过他这样温柔的人。"我过去叫辛萨，'灰烬'，"我回忆道，"起那个名字是为了保护我。成了灰，就没有什么能让我们痛苦。我多想患上我母亲的病啊，她一生都不曾感受痛苦。我多渴望那样的诅咒！"

船长显然不知道如何应对我的悲伤。他笨拙地试着安慰我。"你会读会写吧？"他问。"你运气好，孩子。我那些邻居，说起来又有文化又有钱，要不是姑娘们要给小伙子写情书，他们都不让女儿上学。"

CR

安东尼奥·塞尔吉奥·德·索萨带我到露台，那里能看到两面的大海和城市。他搭在我肩上的双手为我带来久违的慰藉。

"我来这里是有原因的。"安东尼奥·德·索萨开口。

我好奇地挑起眉毛。船长抱臂摩挲手肘，像是突然感到寒冷。他这天早上睡醒时没能起身。有一瞬间，他疑心是有人趁夜锁住了他的关节，骨头也被变成了铁。他醒来对自己说：今天我就要和我的旧船一起被当作废铁卖掉。他坐在床上，想起自己有些不愿带进坟墓的事。

"我给你带了花，伊玛尼。"他说。"不过花没有故事就什么也不是。"

我等着他的故事。但船长没说话，对抗着心中的幽灵。我等了一会儿，问起阿尔瓦罗·安德烈亚的消息。"你觉得他能帮我吗？"我问，字迹潦草。"但愿他能帮帮他自己。"索萨回答。一家报纸登出了他检举莫西尼奥的报告的一部分。他至今没离开营地，以随后的听证会的名义与外界隔绝。多数人不是因为安德烈亚检举那个民族英雄才反对他的报告。最让他们愤怒的是安德烈亚对待黑人的方式，是他把他们看作人、完全值得尊重的人。船长又把顾长的手臂搭到我肩上，说：

"现在呢，现在我要回到让我过来的那件事。是个夺去我睡眠的疑问：路上，阿劳若中士到底伤害过你没有？"

我没回答。我就算想也没法答话。船长长叹一口气，说："我一直有怀疑。"又说："是我的错，以前我从来没能算在自己头上。"他如果是只鸟，他窘迫道，会是只鹦鹉。绝不会是鹰。他没有这个时代的趣味，缺少发号施令的爱好，所以总是需要另一个灵魂作为补充。阿劳若中士就曾是这个灵魂。

那就是他请我原谅的方式。"鹦鹉，我是鹦鹉。"他离开时还在念。他，非洲号的老船长，现在与自己和解了。不是他来探望我，而是我抚慰了他内心的幽灵。他的善意来自我能为他带来益处。

第二十七章
饮下地平线的人

我不用眼睛看。我用梦去看。

（达邦狄）

亲爱的伊玛尼：

　　这封信是个惊喜。是我，恩瓦马蒂比亚内·齐沙沙，从亚速尔写信给你。如你所见，我的葡萄牙语已经学得很好。我在旅途中学会了说，现在他们在岛上教我写。在这第一封信里，我还接受了一名士兵的帮助，他已经成为我的同伴。我叫他穆加努。而他大笑，不知道我正是用母语中的"朋友"称呼他。我与他一起度过的时间比和那些从莫桑比克来的人共处的时间都长。白人不理解我的选择。我应该待在"我的人"中间。对他们来说，我们都是黑人，没什么分别。他们不知道我是个姆弗莫人，而另外三个俘房是恩古尼人，是祖鲁王族。他们不明白我为什么信任这个白人士兵甚于我那些狱友。至于下一封信，我和穆加努约定，将由我独自写给你。

　　我们来亚速尔时坐的船叫"赞比西号"，带我们离开莫桑比克的大船叫"非洲号"，恩昆昆哈内认为这些名字是在向他致敬。那头加扎之狮病了。多年酗酒还不够，眼下他在癫狂中寻找最终的归宿。一路上他都抱着酒睡觉，早上把空瓶扔向上空飞过的大鸟。

在特塞拉岛，我们得到了特别的接待：没有在里斯本时的谩骂和恐吓，这里的人说我们是客人，不是囚犯。他们分给我们要塞里的一间房。我们被允许在要塞宽敞的空地上走来走去。他们在一座漆成白色的房子上用刀刻了句话，在我们这些流亡者看来只觉得可笑。是这么写的："毋宁自由死去，也不屈服苟活。"那句话让我想起登陆佛得角时的马沙瓦牧师。安东尼奥·塞尔吉奥·德·索萨向他告别，内疚之情溢于言表。他解释说："有些事情，"他说，"我们通过战争才能做到。"那传教士回道："没人比我这些被拘禁在这里的信众更渴望和平。事实上，"牧师说，"对我们而言，活着已经是一场战争。"索萨船长为自己辩护，说他做的一切都是为了结束战争。罗伯托·马沙瓦最后的话是用他自己的语言说的："你想要和平吗，长官？但我们想要和平和很多别的东西。我们想要另一种生活。"

我听说马沙瓦被送回了莫桑比克。英国人给的压力太大，葡萄牙当局屈服了，放了他回去。但其他那些教徒，他的追随者们，留在了佛得角。他们还期待马沙瓦去接他们，或者由上帝主持公道。他们被派去盐矿干活。别人告诉我，他们多数都死了。一装进袋子，盐就会变成硬石头。问题出在盐上，但长官们归咎于莫桑比克来的奴隶，惩罚他们，强迫他们绑在袋子上睡觉。他们日渐枯瘦，不断失去肉体和精神。哭出来的那天，他们蒸发了。可能是假的，但据说是这样。离乡者的作用正是如此：变成故事。故事会回到莫桑比克，离乡的人如此重获归乡之路。

我猜你想知道我怎么在这么多海水的围困中打发时日。而我要告诉你：如果这座岛是监牢，那我就与成千上万亚速尔人共担这份刑罚。在这里我唯独不是囚犯。要塞后面有一大片树林，我们在里面猎兔子。这里的树不一样，我们不认识住在里面的神灵。恩昆昆哈内不脱鞋就进森林，不打招呼就在他不认识的树木之间穿行。疯子兔子惧怕众神。猎杀兔子的时候，恩昆昆哈内用的是从莫桑比克带来的棍子，扔出去之后从不失手。恩昆昆哈内说达邦狄施过法。总有一天，他说，他要到海边扔那根棍子。他将去猎鲸，而不是兔子。那时，他就将享有海上的猎人应得的尊重。

夜里，国王在空地上游荡，我们听见他呼喊他唯一爱过的女人的名字："伏阿泽！"戈迪多出去解救父亲，拥抱他，递给他一杯甜酒。国王把软木瓶塞存下。他有几百个瓶塞，准备合起来造艘船。乘上那艘船，他说，总有一天他会回到莫桑比克。

我承认，伊玛尼，我同情恩昆昆哈内。这个不幸的人已经受到惩罚。他被以唯一可能的方式处刑：他做自己的刽子手。现在他甚至不必喝酒：地平线填满了他的双眼，孤独淹没了他的灵魂。

海洋的包围已经不让我痛苦。事实上，这不是我第一次身处孤岛。二十岁那年，葡萄牙人把我送到莫桑比克岛服刑。后来他们赦免了我，让我回了洛伦索·马贵斯。那是个错误。他们该恨的人是我。是我，只有我，袭击了洛伦索·马贵斯。我差点就赢了，差点就能把葡萄牙人扔进海湾。

世上的相逢和错过十分神奇。修改这封信的那位士兵昨天带来了一群白人士兵。他们彬彬有礼地坐在我旁边，问起我故乡的模样。他们想逃离这座岛，无法忍受这里生活上的贫困。他们的同龄人很多去了巴西。但这些人觉得非洲可能是更好的归宿，毕竟不再打仗了。他们想知道我们家乡的生活如何。我这样回答他们："如果可以，我带你们去莫桑比克。只要不在半路变了种族，你们最后都会发财。"他们笑了，我们全都大笑起来。一起大笑是一种拥抱。

就是这样，孩子。恩昆昆哈内在编篮子。我在编织细小的快乐。活得幸福是我向恩昆昆哈内复仇的最佳方式。加扎国王不是把我交给了葡萄牙人吗？现在我就是葡萄牙人，一个黑皮肤的葡萄牙人。一个幸福的葡萄牙人，看着他的背叛者终日潦倒，长醉不醒。周末，他们带我去窑子。我和那里的女人睡觉，忘掉我远方的那群妻子。我和戈迪多在这种夜生活里找乐子。穆伦戈老了，从来不去。恩昆昆哈内有时过来，在没喝醉的时候。但他只能持续头一杯酒的时间，之后就败在对那些女人的恐惧之下。然后，他回家去，明白自己不仅被废黜，还失去了男子气概。我们的恩昆昆哈内厌恶大海、女人、燕子，都为同样的原因。他害怕不能掌控的东西。

还没和你说起那件我知道让你痛苦的事，我不想结束这封信。关于路上那三个被枪杀的俘虏。现在我要告诉你：别折磨自己了，伊玛尼。不是你的错。是我在船上告发了马沙瓦的密谋。是我阻止了我的死敌被谋杀。我这么做，是害怕那头加扎之狮的死可能引发的后果。葡萄牙人会报复到我头上。我也会被处死，然后扔进海里。

我向朋友借来他写这封信的笔，与你告别。因为我现在想亲自写下："ita vunana musuko, nkata Imane! [1]" 来日再会，亲爱的伊玛尼。

特塞拉岛，1896 年 7 月 1 日

恩瓦马蒂比亚内·齐沙沙

---

1 尚加纳语，意为"来日再会，伊玛尼吾爱"。

第二十八章
最后的语言

葡萄牙人把我从我的土地连根拔起，现在我没了葬身之地。为我祷祝的人将只能望向大海。

（恩昆昆哈内）

我在本该死去时穿起衣服。我穿上鞋，却没了大地。我被推搡着穿过要塞的走廊，装衣服的包裹拖在地上。士兵吵吵嚷嚷，叫我们快走。他们朝我们喊着下流话，因为王妃听不懂就更起劲地辱骂她们。自从受达邦狄诅咒，我再也没说过葡萄牙语。可惜她的咒术没同时阻止我听懂。这另一种语言哪怕属于别人，也是我肉体的一部分。

他们要把我们带到很远的岛上。那是流放中的流放。众王妃任由摆布，没有什么把她们系在某个地方。我不一样，这座城市里有我的孩子。我求司令让我和我的儿子告别，没人听我的话。我曾是一位国王的翻译，曾是为葡萄牙王室服务的密探，而现在只是第十一个黑女人。我刚生产还没多久，就再也看不到我的小桑贾了。我再也见不到孩子的父亲，我的热尔马诺，我一生所爱。我爬上马车，魂不守舍。达邦狄为我整理头发，替我系起衣扣。我没了手指，我曾拥有的整个身体都是为了爱护已被夺走的孩子。

我们沉默地走向码头。四个月前，我们走进一座寒冷、拥挤的城市。现在，我们从炎热、荒凉的里斯本离开。半路上我发了疯，放声大叫：

"劳拉夫人！还我儿子，劳拉夫人！"王妃们哭起来，抱住我，把我的头埋进她们宽广的怀抱。马匹间或打破寂静，马蹄像石头敲击石头。

我们要坐的船进入了视野。船名为圣多美，与我们的流放地同名。王妃赤脚踏过码头的石板路。她们走路时闭着眼，其中有两个用头巾遮住脸。我们四个月前被丢进漆黑的洞穴，两星期前被剥夺了男人们的陪伴。葡萄牙人担心我们的悲伤化为愤怒。愤怒会生根，所以他们才从海路把我们送走。

我还有最后一分力气。我提出抗议，尽管毫无指望：既然用船送我们走，为什么不把我们放在亚速尔，去和丈夫相聚呢？但我忘记了现在我只会说母语。士兵们嘲笑我一本正经却无法理解的抗辩。可我知道为什么我们的归宿不能与男人相同。安东尼奥·塞尔吉奥·德·索萨从前向我解释过：亚速尔是虔信之地，以基督徒的悲悯迎接受苦的非洲人，但容不下一夫多妻的罪愆。齐沙沙那些来信没证实这种纯洁之风，甚至说起过俘虏周末被带去光顾的妓院。道德有其关于女人的容许与不许：妓女可以，情人也许可以，多妻绝对不行。

所以我们不去亚速尔。但我们也不会被送回莫桑比克。原因很容易理解：王妃的抵达会激起反抗葡萄牙的决心。已经有传言，说赞比利王妃指使过洛伦索·马贵斯城外的暴动。

晕了十二天船后，我们在圣多美上岸。有孕的达邦狄最是难挨。她的肚子已经显出形状，胸口用一块布遮住，到分娩才换下。最终，王妃会比我幸运。圣多美岛上不会有做奶奶的来抢孩子。我们会是十位姨母，帮她抚养孩子。那孩子虽是她的，却属于我们所有人。

☙

我从前不知道有这么多个非洲。在小岛上，才能领略非洲诸土的广阔。整个大陆的人群、语言、信仰在圣多美交织，所以我们遇到别的黑人时总是安静又腼腆。我们肤色相同，却不同族，因此总在热情问候之前迟疑。然而，每次相遇时，我们往往都有将做未做的动作、克制的笑容、隐蔽的沉默。我们想要拥抱却犹豫不决，迟迟没成为手足。

第一个星期，我们被安置在这里称作"农场"的种植园里。我们在一间咖啡仓库过夜，在那儿忙于从前就做的事：无所事事。但这回既没有栅栏也没有卫兵。只有一名守卫在仓库门口看守，穿着便装，也不带武器。下雨时——总是在下雨——我们就邀请他到我们檐下避雨。

如果没有王妃们的陪伴，我不知道我会是什么样子。她们在我身边又一次证实了达邦狄的预言：我的灵魂的根须现在把我完整地还给了我。不仅仅是回归我的村庄的语言。她们带回了我的家乡和我的族人，也为我带回了我自己。

然而，这样亲密的共处只持续了几天。第二个星期，我们被分开了。大夫人穆扎木西被带往岛南的一处工地。她最高最壮，被强迫往工地上运石头。另有八名王妃被带到医院做工。她们要在那儿打扫卫生，会被安置在医院的配楼。只有达邦狄和我留在咖啡仓库。个中缘由不是什么好事：我们被认为最有魅力，派去欢所为军队服务。没人发现达邦狄怀了孕。而她什么都不打算说，怕被当作没用的人，然后被扔去喂牲口。比安卡·万齐尼的预言终于成真：我到底成了妓女，夜里像坨肉一样出卖自己。

每天晚上，我都和王妃奔走在一条棕榈树夹道的土路上。那条小路把我们带到酒吧，士兵在那里等待。黎明时分，筋疲力尽的我们醉醺醺地返回农场仓库，在马车和搬运工扛包的声响里入睡。那都是些黑人，年纪轻轻的，光着身子来来回回。他们搬运货物时，和我们女人一样顶在头上。他们身上散发着甜味，和咖啡豆释放出的同样。那种香气会麻痹感官。搬运那种制成饮料让人上瘾的东西，是件奇特的事：货物本身阻止他们感到疲惫。

一天早上，王妃把我叫醒。她脸上流着血，是一位她拒绝服务的主顾打的。"跟我来，"她说，"我们去行政官家。"达邦狄知道我不知道的事：葡萄牙行政官名叫阿尔马达·内格雷罗斯，妻子是个本地混血儿，病得很重。我顺从地艰难起身："那我们要去做什么？"她不及回答，拉我出了门。一路步履匆匆、气喘吁吁，达邦狄解释说要去内格雷罗斯家找个差事。"我去给他们夫妇俩带孩子，"她说。

我们攀上山坡，越过溪流、瀑布，又穿过大片大片的农田。咖啡树开着花，白色的花瓣触碰我们的手臂。"我不喜欢这种景色，"她低声抱怨，"我从没见过这么整齐的树林。"路上王妃一直在抚摸肚子。一股鲜血沿着她的双腿流下。她咒骂道："要是那个男人伤到了我的孩子，我就要他的命！"

内格雷罗斯行政官的家建在几根柱子上，四周有洞口，流出源自天上的水流。"你会见到埃尔薇拉太太，那个白人的妻子。你肯定没见过像她那么大的眼睛。"达邦狄说。

"她怀孕很久了，"王妃又说，"应该很快就生，要是再过几天，她的眼睛就会从眼眶里跳出来。"她让我做她的翻译。我先是拒绝："你夺走了我的葡萄牙语，现在，我就算想说，也已经忘了。"达邦狄言简意赅："你会说的！"

漫长的等待后，我们遇上了正出门去医院的行政官夫妇。达邦狄介绍了自己。她说起自己的出身，说来自加扎王室。那官员不信任地打量我们。"王妃？"他挖苦道，又催促手里牵着男孩的妻子："走吧，埃尔薇拉？我们没时间耗在这儿。"

达邦狄坚决地插进夫妇二人之间。她挑衅地迎上葡萄牙人："我认识你，行政官先生。想要我说我们怎么见的面吗？"我还没翻译，安东尼奥·阿尔马达·内格雷罗斯看起来就懂了。他没说话，靠在一面墙上。王妃走向埃尔薇拉太太，拉着她的手放在自己肚子上，说：

"求求你，夫人。看看我，我也怀孕了。你们怎么能逼我跟那些士兵睡觉？"

埃尔薇拉太太盯着这个敢拦她的路的黑女人。她看起来没生气。相反，她有些出神。她摸摸王妃满臂的镯子。

"你是安哥拉来的？"她问道。"我认得出你的样子，你来自本格拉……"

王妃没听懂，但肯定地回答了她。行政官有了反应，紧张起来。他本就着急，两个陌生女人的打扰让他更急。

"求求你，夫人，劝劝你丈夫吧！"达邦狄坚持。

突然，王妃停下了乞求。她赤着脚，却像在她尊贵的宝座上发话。"你有黑人的血统，你必须要帮我。"她说。行政官一家呆住，为我语调激昂地译出的话不知所措。"对我这个朋友，"达邦狄指着我说，"你们带走了她的孩子。而至于我，"她顿住，克制了情绪才再次开口，"至于我，你们刚刚虐待过我的孩子。"

"那孩子在哪儿？"行政官的妻子问道。

"在这儿，在我肚子里。"

行政官去拉不愿离开的妻子。"放开我！"她拒绝得坚决。丈夫更小心地坚持："走吧，埃尔薇拉。让她们以后再来。"

没有以后了。第二天，达邦狄在医院失去了孩子。另一间病房里，在同样的病床上，行政官内格雷罗斯的妻子在分娩时死去。听到这个消息，达邦狄就离开了病房，步伐坚定地跨过了医院的种族隔离线。一名女护士一路追赶，警告她当心那悖逆之举的后果。到了逝者埃尔薇拉的病房，王妃穿过悲伤的来客闯进去，走到婴儿床边，把刚出生的孩子抱在怀里。她摇晃着孩子，抱着他到年幼的哥哥面前。男孩盯着他，他凸出的双眼遗传自埃尔薇拉。达邦狄用祖鲁语说："你弟弟在我儿子死去的同时出生。两份悲伤相会，你将在我怀里与母亲重逢……"

没必要翻译。也不会有时间：另外几位王妃此时已在医院聚齐。她们带达邦狄回了住处。

"你来写信告诉恩昆昆哈内。"路上，穆扎木西下令。胎儿在腹中死去时，人们说这是胎儿"决定回去"，罪责则压在母亲身上。我们得告诉恩昆昆哈内不是这样。这个孩子是被杀死的。必须要通知父亲，就算知道消息要很久才能到亚速尔。

"要被告知的是戈迪多，"达邦狄反驳。然后她补充道："只有他需要知道。"

ᘯ

我跪在达邦狄休息的草席旁边。出于敬畏，搬运工只把货物堆在仓库外面。她的眼睛盯着天花板，而我用祖鲁语祈祷，那是我们的神懂得的唯一一种语言。我念着现编的祷辞，达邦狄听着，没打断我：

"王妃，你废去了我在学校里学会的语言，从我最先长出的根须中拔去了一根。但是，你没剥夺我读写葡萄牙语的技艺。现在是我向你请求，把这些能力也带走吧。我不再想要纸张，不再想要墨水，不再想要笔了。书写让我痛苦，我渴望抹去灵魂上的刺青。你也许不知道，语词在被写下时就系住了时间。既然不能再见到我的孩子，我不再想要时间了，不想要任何回忆。所以我恳求你，在写上字之前撕碎所有纸张，把每一滴墨水都变成清水。我想变空。到我身上没有语言的时候，请你为我除去梦的语言。因为我只要牲畜那样的夜晚就够了：一段只有出生和死亡的时间。"

我恢复了沉默。达邦狄王妃闭着眼睛，抬起手臂摸索我的脸。她的手指抚摸我的双眼，慢慢向下，滑过脸颊，然后两片刀刃一样竖在我唇上。她累极了，不想再听我说。但我还是又开口：

"我们永远不会回去了，达邦狄。"

"这样最好，孩子，我们最好死在这里。"王妃说，"我们失去了孩子，没在这个世界留下种子。我们谁也不是。我们无处可回，伊玛尼。"

第二十九章
齐沙沙的新名字

谁更痛苦？永远等待的人，还是不曾等待任何人的人？

（达邦狄）

亲爱的伊玛尼：

我终于动笔写这封信了。我已经用上了新名字：罗伯托·弗雷德里科·齐沙沙。如你所见，我受洗了。以我的年纪和族裔，这意味着他们清洁了我的灵魂。可以说，我被崇高的水清洁了。据说弗雷德里科是贵人的名字，白人想以此表明他们像对我们家乡的国王那样重视我们。洗礼在城里最大的教堂举办。他们召集了重要的人物，特塞拉岛和其他几座岛上的因杜纳。那些人离开时心满意足，以为已经改变了我们的本质。但我想，他们心底里知道：名字是灵魂上的刺青，死亡也不能将其抹去。

对你，我可以承认：我用这个新名字，就像穿一双鞋。鞋在我脚上，但不是我身体的一部分。出生时，我们的先辈选择我们即将拥有什么名字。这个世界的主人们决定我们不再拥有什么名字。这些在恩昆昆哈内身上可能都是事实。于我而言，我把我的过去保存在了我留下来的名字里。我在这座岛上未来的子孙不会丢掉这个非洲名字：齐沙沙。我很满意我这小小的永恒之处。

不止我改了名字。我们四个都在那场仪式上受了洗。恩昆昆哈内现在叫雷纳尔多·弗雷德里科·贡古尼亚内。在登记簿上，他们为他编了个年龄，写了他六十岁。那倒霉蛋还不到五十。过不了多久，他们就得宣布他的死讯，哪怕他本人强烈抗议。

上个星期，葡萄牙那位恩科西，堂卡洛斯国王，来了亚速尔。为了防止这位尊贵的访客执意要见恩昆昆哈内，我们受命在营地闲逛。据说堂卡洛斯还提出要问候我们，被阻止了。恩昆昆哈内甚至不值得作为过去的纪念。

因此，我们被带到远处，在所谓黑人湖边散步。那是由奴隶的泪水形成的湖。黑人爱上了尊贵的女士，她丈夫察觉此事，便命人去杀他。可怜的人逃出了家，却被狗与士兵追赶。他躲进一片沼泽，在那儿哭起来。他哭得厉害，等发现的时候，周围已经生出了一片湖。湖水令狗群止步，奴隶在士兵的包围下溺死其中。

加扎国王坐在水边，听了这个传说，大受感动。但他很快抢白道，为女人哭成这样，不可能是他的族人。"在我们那里，"他嚷嚷，"女人才为爱哭泣。""那伏阿泽呢？"我问。

我居心不良，我承认。我不该唤起那么悲伤的回忆。因为，自从听到爱人的名字，国王就一瘸一拐地光着脚游荡，像幽灵一样。湖边环绕着被称作"黑色奥秘"的巨石。负责监视的士兵跟着那俘虏，最终，他被一堆骸骨绊倒。那不是牲畜的遗骨。那是人的骨架，半截埋在土里。恩昆昆哈内往下挖，捡起一根长长的骨头。他看见上面写着名字。他立时咒骂起学会认字的那天。因为他看见上面刻着自己的名字：雷纳尔多·弗兰西斯科·贡古尼亚内。他拿指甲去刮，想擦去那些字母。他刮得急切，刮到觉出血沿手掌流下。"我划伤了自己，"他想，可他的手指并未受伤。但他眼看血流不止。这时，他意识到流血的是那根骨头。大骇之下，他把骨头扔在沙地上，任它流出血液。他越来越虚弱，盯着逐渐染红的地面。写着他的名字的骸骨滚到了骨头堆上。

这事让恩昆昆哈内心神不宁。他沉默着返回要塞,冷不丁地抓住我的胳膊,说:"有人会来找我,齐沙沙。我那些孙子会来找我。"

也许会,我同意,他们也许会来找他。但是,对我来说,已经有人来找过我,不过并不来自远方。来人就是这儿的。我有个爱人。是真的,一位白人未婚妻,彻头彻尾的白人。她叫玛丽亚·奥古斯塔,父亲若昂·德·索萨是来自里贝里尼亚的亚速尔人。她母亲,我未来的丈母娘,名叫弗兰西斯卡·维拉·达米戈,出生在西班牙。世界很小也很大,伊玛尼。我,一个非洲人,在一座葡萄牙小岛上,即将迎娶有西班牙血统的亚速尔姑娘。

我付不起新娘的聘礼。这座岛上,和在祖鲁人的界一样:一头牛比一个我这样的外地人还值钱。我能有什么聘礼给她呢?幸好,我弄到了几张马戏演出的邀请票,是向非洲囚犯致意的,换句话说,是给我们的。新娘一家,或者我们说的老丈人家,被我的重要地位打动了。得知我被提拔做了护林员,他们更受震动。我有工作,靠自己挣钱,靠自己赢得尊重。你知道他们让我护卫什么吗?我护卫一整座山,一座名为"巴西"的山。我从受监视者变成了监视者。这些都发生了,都由被虚抬了年龄的恩昆昆哈内目睹。我承认,孩子:我已经开始怀念从前对恩昆昆哈内的恨。

一天清晨,加扎国王大叫着醒来:"别带走他,别带走他!"仍旧是他儿子戈迪多救了他。只有他被授权回应国王的疯话。恩昆昆哈内越来越分不清自己是在梦里还是醉中。这回他说见到了祖鲁人的神牛,巨牛伊斯巴雅。神牛穿越了两片海洋到他身边,跃出水面,穿过海滩,登上多石的沙丘,跨过了保护要塞城墙的排水管道。神牛在我们的房门前现身,弯下巨大的双膝,用被拴起的姿势卧倒。但神牛没能卧下去,因为一群白人突然出现,一边大喊大叫,一边挥舞着布和绳子。他们想把神牛抓去放牛节的庆典。以后我给你讲讲这些节日。我过去从没见过这么忧郁却又有这么多节日的民族。

还有一回,戈迪多又要帮恩昆昆哈内脱离梦境,又领着父亲走在要塞周围的小径。当局放任恩昆昆哈内闲逛散心。我和穆伦戈跟在后面，在一堆堆石头中间的小道上漫步。为了让恩昆昆哈内高兴，岛上到处是牛。不管走到哪里，国王都要去摸摸牛，欣赏那粗壮的牛角。他说那些牛全是他的财产。那天清晨，国王认定应该教白人说祖鲁语。只有他的语言才足够丰富，能翻译出牛的世界。牲畜是恩古尼人的金子。他们没有我们在里斯本见过的那种城堡，但他们拥有牲口、畜栏、牧民的国度。而众神由牲口的鲜血召唤。

返回要塞时已是上午，我们感到大地在颤抖。亚速尔人一半是岩浆，一半是海水，所以不怕地震。他们也许不知道地震真正的成因。栖息在山间的龙瓦穆朗布离开洞穴到海上生蛋时，大地就会颤抖。那天，那条龙走得怒气冲冲，猛烈的地震持续许久。石块沿马路翻滚，像发了狂的牲畜。群牛跃出畜栏，失散于田野。士兵来找各自奔逃的我们，把我们带回要塞。

到了门口，我们碰见了要塞司令阿尔梅达·皮涅伊罗将军。我们叫他希庞戈-沙-马埃谢，因为他的胡子像老山羊一样垂到胸前。那葡萄牙人以为我们害怕，邀请我们到办公室去。他招待我们喝茶，打开报纸，给我们看堂卡洛斯和堂娜阿梅莉亚来访的照片。恩昆昆哈内仔细打量了那张照片，然后点评道："王后很美，但打扮得像个男人。她头上戴的羽毛是男人的东西。这位葡萄牙王后，"他说，"是在模仿我们恩古尼战士。"他又道，作为结语："你才该戴那些羽毛，将军阁下！"

将军起初不置可否，毕竟谈论的是葡萄牙王后。但很快他就乐得大笑。他抚着长长的胡子，引得同僚遐想他浑身鸵鸟毛的模样。

加扎国王又俯向照片。说话间，他短胖的指头给照片抹上了油："要我说，将军先生，你们的王后太瘦了。我的妻子都身材丰满。"他说，"她们不像其他那些只在节日吃肉的女人。告诉国王，让人看见妻子又瘦又戴着这么多羽毛不好。"

又一阵哄堂大笑。突然，恩昆昆哈内严肃起来，几乎是郑重地恳求：

"求你，将军阁下，别送我回去！"

埃尔梅达·皮涅伊罗惊讶地看向国王，不知道该说什么。"回哪里去，回莫桑比克吗？"他困惑地问。"你们没杀我，我那些兄弟会杀我。"恩昆昆哈内说完，离开了。将军看着黑人国王消失在黑暗里，目光哀伤。

我快说完了。我承认，孩子，写这封信的是我岳父，若昂·德·索萨。我只写了前两行，其余全是他的字、他的行文。我这个岳父想知道你是谁，更确切地说，想知道你是什么样的人。我说你是最美的女人。当然了，次于玛丽亚·奥古斯塔。我的亚速尔爱人无与伦比。我告诉岳父，和我们一样，你也在一座岛上生活。他带着独有的莫测表情，说："所有人都活在岛上。"

我请岳父代笔这封信时，他表示乐意，但得在他挑的地方。"那姑娘是非洲人，对吧？"他问。他带我到维多利亚海滩，边走边在岩石中间挑拣，最终找了块大石头，说："就是这儿了。"我们两个并肩坐下，垫着这块与海滩边上的暗色石壁迥异的白石头，写下这封长信。

"这块石头有段故事。"他说。把石头带来特塞拉岛的是他的祖父，一位服役多年的老海员。一次，在非洲海岸附近航行时，船长决定在一片海滩停靠，拜谒数世纪前葡萄牙探险家立下的石碑。他们向当地人问起十字角，没人听过这个名字。他们问起刻有十字架和五盾的石柱，没人见过这样的石头。众水手向当地人一一解释，黑人就带他们看一个巨大的洞。纪念碑沉在深处，仿佛海滩贪食石头。水手挖出石碑，重新立在沙滩上。第二天，石碑又没入非洲大地。黑人对葡萄牙人说："把那块石头带走。那是你们的，你们带上吧。我们这块大地承受不住那块石头的重量。"

就是这样，孩子。这块石头听了我们的故事，我们听了这块石头的故事。我岳父的祖父、你、我、时间连在了一起。拜托了，伊玛尼，别给我那群妻子读这封信。我不想让他们知道我结婚了。她们会在和我的通信里讲一些消息，大多是谎言。我不介意。信的用处不就是这样吗？

第三十章
词语的影子

炎热的一天，年轻的猎人看见有朵云飘在家的上空。

年轻人照料着他年迈的祖父。

那不期而至的云影十分奇妙，让祖父重返了青春。

担心风会带走那份幸福，年轻人决定扔出绳索，拴住云的脖颈。

他想到做到。像家养的动物一样，云被拴在了柱子上。

第二天早上，一出家门，年轻人就撞进了天空，跌落在天穹。

之前用来拴住云的那根绳子，此时把他系上碧落无穷。

而祖父此时歇息在无尽的云影之中。

（恩科科拉尼传说）

有人敲门。我开了条门缝，看见一只白皮肤的手。

"热尔马诺？"我激动道。

我把门整个打开，喜出望外。我九十五岁了，不再有力气记起自己是谁。很久以来，我的身体只是一把犁，双脚犁出土沟。但我身上突然生出奇异的活力。我眯起眼，逆着光辨认来人的轮廓。我已看出，等在门口的不是我的丈夫。

"桑贾？我的儿子！"

我抱住他。这是我的儿子。我近乎失明，拥住一团昏暗，双手在来人脸上摸索，借以重获双眼。那人影惊讶地缩在我怀里。

"我的儿子！"

一声叹息里，我吐尽了胸中的空气。我忘了怎么哭，我的孩子一定也有他忘记了的事，因为他没回应我的拥抱。

"伊玛尼夫人？"他问我。

我似乎听到了这句话。我在恩科科拉尼，我的家乡。我从圣多美回来六十三年了。渐渐地，声音经历了与岁月相同的遭遇，变得全都相像。

已经没人会敲我的门了。偶尔来敲门的也不是找我，是来找我那些装作照顾我的侄孙女。眼前这来人不同：他的气味像海，声调、口音与众不同。他还问起了我。他不可能是我儿子。我儿子年纪更大，时间会令他脊背更弯。

"我知道了，你是我孙子！叫我奶奶吧。懂乔皮语吗？"

"不懂，伊……"

"因为我早就不说葡萄牙语了，现在只说乔皮语。"

"可……您正在说葡萄牙语。"

"我听不清。你得大声点。"

"我说您正在说葡萄牙语，还说得很好。"

我伸手去摸他的头发。我的孙子躲开了。皮肤、眼睛、嘴唇，全都可以掩饰人的种族。只有头发不会说谎。而我急于判断那副身体的真相。

"我说的你都能懂吗？"

年轻人点头，说："都懂！"我请他进来。他迟疑片刻，礼数周全地抖抖鞋子。我曾多么怀念这个礼貌地抖动身体的动作！男孩背了包，走路时弯着腰，不是因为负重，而是出于礼貌：他想要说话时离我侧脸近些。

远处传来爆炸声。"是子弹吗？"我问。"是烟花，"年轻人回答，"人们在准备庆祝宣告独立的宴会。"他兴奋地补充："我们会有一面旗，伊玛尼夫人！一面属于我们的旗帜！"

183

"你很像热尔马诺，笑起来跟他一样。你叫什么？"

他用手摆出贝壳的形状，试图放大声音，又放弃了这个策略，从包里拿出笔和本子。就是这样，我记起来。我最后一次和安东尼奥·塞尔吉奥·德·索萨船长交谈时就是这样。年轻人迅速写下几个短句，手指令时间颤动：他的字迹和我的一样！然而，再次不可避免地，字母在被写下的瞬间尚且可见，随后就变得模糊。我装作看懂了那个名字，不想让年轻人放弃。我微笑着请他进门。

我沿走廊慢慢地走。我不记得我是不是病着。我浑身上下，包括年纪，都成了一种病。

"我是个作家。"来人说道。

年轻人也许在喊，但在我听来，他仿佛在用最温柔的语气说话。城里的白人这样说话，不像我们总是互相大喊大叫。对更有教养的葡萄牙人而言，高声说话是粗俗的行为。对于我们，一群葡萄牙人窃窃私语是掩饰的表现。

我们走进一处堆着石臼、锅、盘子和母鸡的庭院。我孙子一定觉得惊讶。他来自城市，甚至可能来自葡萄牙，想不到这么偏远的村子里会有水泥房子。"这是恩桑贝家的房子，"我告诉他，"是你的家族还留着的东西。"

从外面看，想象不出我们的宅院里有这么宽敞的院子：一棵大杧果树的树荫里，坐着好几个女人。是我那群侄女。我叫她们"影子小姐"。因为她们就是影子。她们横七竖八、一动不动，像是在那块生机勃勃的地面上预演自己的归宿。

我听见那些影子喊："乌布依，穆伦古！"她们在提醒我来了个白人。

184

像我彻底失明了一样。"孩子们,"我对她们说,"我还没死。我看不清,但还听得见。"

她们快活地大笑。"等等,"我举起手臂,说,"我解释一下:就算白人不说话,也能远远地就听到他们。"我说起我知道的事:在他们的土地上,我和他们一起过了几十年,和他们一样说话、思考、生活。我是黑人,不错。但我随自己的心意出入我的种族。

"来这儿的这个不是白人,"我说,"他是我孙子。明白吗?"

我孙子——我多想叫他的名字!——向那些影子问好。女人们仍坐着,回应了他的问候,挨个介绍了自己。她们是我本家另一支的女儿,身上有我父亲和比布莉安娜的血。她们从萨维来,在那儿出生,不再回去。现在,她们唯一的差事就是等待,等我老了就卖掉这套祖宅。那是豺一般的等待,猎杀者的脚步声微不可闻。不仅是等待,那更是场埋伏。她们一边等一边生育后代。男孩逃去了城市,女孩留下,成了新的影子。其中最漂亮、最迷人的姑娘起身问候来客。

"我叫莫西。"她卖弄着词句,仿佛舞动旋转的裙摆。然后,她征求我的许可:"我来帮你们交谈,伊玛尼奶奶。"

"我不要任何人。"我坚决道,"我到里面去,这儿的嘴巴已经多过耳朵。"

CR

莫西走在前面,带我们穿过腥臭得像海水退去后的昏暗走廊。我知道那作家脑子里想到了什么。他一定感到奇怪:大海那么远,那股气味从哪里来?只能来自莫西的头发。海螺的声浪倾泻在她肩上,她整个人就是跃出海面的波浪。莫西的臀部噬咬外来者的双眼,他低下头逃脱。

我们终于到了我的房间,只有在那里我才被岁月遗忘。我不愿接受,但我这个侄孙女确实出现得及时。出于某种神秘的原因，唯有莫西能让我毫不费力地听清。语词一旦由她说出，就获得了奇异的响声。此外，她各方面都与我相像。人们都说，我就是莫西，只是年纪不同。这种比较让我骄傲，但同时令我恼火。我们日渐衰老，最不想要的就是镜子。

"很美的名字，莫西，"我孙子说，"我猜这是'莫桑比克'这个词的爱称。"

莫西微笑，露出绿洲中的棕榈树般的笑容：想被看到，又想让把目光落在她身上的人失明。她在我房间里走来走去，裙子转起来。那一整套卖弄令我疲惫。我不快地转向孙子：

"你来是要留在这儿吗？"

"留在这儿？"他问。

"不是来和我们一起生活的话，你可以走了。"

我那侄孙女和作家悄声了交谈几句，然后向我总结他们的对话。"这人想要您讲讲自己的故事。"她在我耳边低语：那作家以为我曾是恩昆昆哈内国王的妻子。我是三百多个妻子中唯一还活着的人。

"你想让我讲我的故事？"我问。

"我可以录下来吗，伊玛尼夫人？"

我那孙子兴奋地摆弄起电线和按钮，早在我打算开口之前就开始录音。录音机的磁带一直在转动，引人入眠。我的眼皮已经变得沉重时，莫西晃晃我，为我打气："讲呀，奶奶，我也想听！"

☙

以下就是我的遭遇，我的孙儿。十五岁时，我有了儿子。没过几天，有人抢走孩子，把我送到了大西洋中的圣多美岛。我在岛上待了十五年。1911 年，葡萄牙共和国宣布成立以后，有人去接我和同行的王妃，说会把我们送回莫桑比克。先前去岛上的十个女人里，那时回来了七个。达邦狄王妃，我亲爱的达邦狄，就葬在了岛上。丧生海岛的人无法复生，他们的灵魂在海雾中流浪，不知道自己属于大地还是海洋。

接我们的船停在了里斯本。十五年里我一直梦到那个目的地。更确切地说，那是我的梦里唯一的目的地。我数过，五千四百个夜晚，五千四百个梦，都一模一样：我救回我的孩子，他依偎在我怀里，仿佛完整地回到我的身体。

在短短几小时停靠期间，我获准拜访婆婆劳拉·德·梅洛的家。我在一位海军中士陪同下前去，打算救回我的孩子，我的桑贾，然后带他回莫桑比克。男孩为我打开梅洛家大门时，我的心怦怦直跳。我克制着情绪，握拳用力到手指弄伤自己。热尔马诺的母亲劳拉夫人卧病在床，是我的儿子带我去了她的房间。我沉默地跟着，逆着光望向那曾栖身我体内的身影。热尔马诺的母亲阖眼躺在床上，挑衅道：

"给那女人看看，谁是你唯一的、真正的母亲。"

我的儿子没说话，走向了祖母的床。我垂头落下眼泪。我已经死了，我想。除了离开，我别无选择。可是，我怎么能走呢，既然没在活着？劳拉夫人咳起来，示意我过去。她仍躺着，伸手抚摸我肩膀，然后轻声说："你在外面待了十五年。为这孩子想想，姑娘。想想再回答我：除了我，他还有另一位母亲在这间屋子里吗？"

她睁眼望了我一会儿，大概知道我们不会再见。"这件事上谁都没错，"她说。"这是生活的选择。"她又道。我摇头，表示不想听，但默许她的手一直搭在我肩上。

"那你给他起了什么名字，劳拉夫人？"

"你之前起的名字。"劳拉回答。"桑贾，他是我们的桑贾。"

"热尔马诺呢？"我想问，但发不出声音。劳拉仿佛猜出了我心里的疑问。因为她低声说："我的热尔马诺下周会到，他病得很重，连写信的力气都没有。"劳拉说。"即便这样,他还坚持每月按时寄钱给他儿子……"她改口道:"给你们的儿子。"

回船上的路上,不止我哭了。那中士羞赧地与我共用一条手帕。我们走在橘树大街上,他在一处停了脚步,说:"就是这里,他就死在这里!"没等我问,他解释说:"莫西尼奥·德·阿尔布开克,他就在这里死去。"

他的手指抚过铺路的石头,仿佛摸到了血。"有人害他,"中士说。"他们散布流言,说莫西尼奥在非洲的战斗极不人道。是我的上司安德烈亚船长设了计,他也去过那里……"

到了码头,中士突然与我握手作别。那海员也许感到了从未有过的情感:对一个黑女人的悲伤的尊重。他无法宽慰,就尝试换个话题。

"那贡古尼亚内呢,你知道他怎样吗?"他问。"贡古尼亚内,那个黑人的国王……"

经历了那些年,我已经放弃了纠正恩昆昆哈内的名字。这一回,出于对提问者的尊重,我纠正了他的发音。"他们全死了,"我冷静道,"加扎国王死了,他儿子死了,他叔父也死了。只有那个幸福的活下来了,就是齐沙沙。我得到的最后一条消息是,齐沙沙要有孩子了。一个混血儿,和我的桑贾一样。"

☙

录音机的磁带令我昏昏欲睡。我预备起身,抵抗那阵缠绵的睡意。但身体不遂我意,我重新陷进座椅。我闭了眼抚摸沙发扶手,仿佛回应一份眷恋。

"您在这房子里住多久了?"

"我不住。我就是这房子。"

我就是这房子，我重复说，而家具是我的姊妹。我的木头家人未有一刻不与我相伴。"你该明白，我的孙儿。"我接着说。"与人相比，你要更爱家具。直至我们最后的时日，"我断言，"唯有床和椅子最忠诚地从属于我们。为这些物件的灵魂祷告吧，我的孙儿。"

"我们接着录吗，伊玛尼夫人？"我那孙子问。

我摇头，用力地反对。我累了。我见他从包里掏出相机，便抬手遮住脸。我坚定地表达了反对。我说得艰难，但我孙子听着，没有打断。听完，他惊呼："您刚才说的这些真好！想听听吗？"他问。"我全录下来了。"他解释道。我羞耻地听到自己的声音用最大音量放出：

"你可以录音，但别拍我。好好看我，我的孙儿。组成你眼前这个人的不止一副身体，而是合在一起的很多身体，各自产生于一段时间，来自不同的土地。心脏来自这个村子，手臂来自穆提玛提，双腿已不记得来自哪里。别拍我，孙儿。我这副躯体是碎片构成的，在我身上活得最久的是故去的人，那些还在令我出生的母亲。首先是希卡齐·恩桑贝，还有比布莉安娜、比安卡、达邦狄。别拍我，孙儿。因为我不只是这副躯体，现在，我的身体是整个世界。"

回放结束，空白磁带仍在转动。"那贡古尼亚内呢？"我的孙子问道。"我不知道，"我答，"我只知道我的故事。"

房间里磁带转动的声音愈发响亮。我问桑贾，认不认得热尔马诺。"谁？"他问。"你祖父，热尔马诺，"我说。他笑着摇头。"那比安卡呢，你听说过吗？"我又问。但我没等他回答，突然被怪异的怒气击中，抬脚去踹面前的桌子。录音机和照相机摔在地上。我孙子在惊惧之下退了一步。

"别再带这些机器来了！永远！"我大吼。

我想起身，但怒火也不助我。我仍旧陷在旧皮革沙发里。我困在了我身体的栅栏里。

莫西看着沙发里的我，急得摇头，让客人留我们独处。她叫他在院子里等。作家收起他那些机器离开，腰比来时更弯。门刚关上，莫西就来质问我。她生了气。我没搞明白，她说，刚才有个难得的机会。而我就那样让一切都白费了。

"装装样子，奶奶。这很难吗？承认你做过恩昆昆哈内的妻子吧……"

她执着地尝试说服我。小小地演一场戏，我们恩桑贝家就会有无数的好处。我们会是英雄的家族，会得到一大笔钱，会到首都去，也许还会有人带我们去亚速尔。

"听着，奶奶。"莫西的语气变得温柔，坚持道，"我来告诉你怎么给那个作家讲……"

"他不是作家，是我孙子。"

"孙子，孙子的孙子，孙子的孙子的孙子……对他们所有人，你都要说你过去是国王的妻子。你要给他们讲个故事……"

"我不会在九十五岁开始说谎。"

"不想撒谎的话，"莫西怒道，"那就别再叫他孙子。"

她走到门口，下了最后通牒："别忘了，奶奶，是我们在照顾你！"然后愤怒地摔上了门。我一下子孤独起来。我从未那样孤独。我从来没有那样深切地理解孤独。

我打开后门，悄悄地走到路上。多年来我第一次走出家门。我沿着我们的母亲去拾柴火的土路走，漫无目的，就像刚开始走路的孩童。我只想离家远点，离开我自己。拐角处，我险些撞上一群坐在地上玩耍的孩子。那是群穷孩子，身上脏兮兮的，衣服残破不堪。我回忆起童年，心想：哪怕在最酷烈的战争中，哪怕在废墟与尘灰中间，孩子们也从未停止玩耍。

突然，一团疾驰的黑影把我带倒在地。我太瘦了，不停地摔跤。我看见载着游击队员的军车如金属巨兽般驶过，儿时那段苦难岁月在眼前重现。不同的是，现在多了些地面，一片唤我之名的地面。

我由那年轻作家搀扶回家，刚才是他让我免于踩踏碾压。"来吧，奶奶！"他鼓励我。那孩子叫我"奶奶"。他叫我"奶奶"，于是那些道路又属于我。我们从住宅空地上的一座陈年的白蚁山旁走过。地上抹了水泥，但留出了那片神圣之地，出于恐惧而非敬意。白蚁山留在那里，上面是一棵枝繁叶茂的纳塔尔桃花心木。树上不再系着白布。没人与祖先对话了。和他们交谈的只有我，行将就木的人。

我让作家等等我，很快抱了个箱子回来。"重不重？"他问着，跑来帮我。在我的年纪，从自己的胳膊开始，什么都太重。我把箱子里的东西倒出来，满地纸页。"都是你的了，这些本子。"我对他说。"这是我写的东西，这是我留着的信，这是我的一生。把这些本子拿去，觉得值得让人知道就去发表。作者署你的名字，我不在乎。既然你说你是我孙子，伊玛尼·恩桑贝的孙子。"

作家走了两步坐下，从第一本读起。他读的时候，我靠着他，仿佛在他身上寻找自己最后的投影：

"每天早晨，伊尼亚里梅平原上升起七个太阳。我们的母亲像睡觉时一样赤着身子，手拿簸箕，走出家门。她要去挑出最好的那个太阳，用簸箕装上余下六颗星星，带回村子，埋在屋后的蚁穴边上。那是我们给天上的生灵的墓地。日后，需要的时候，我们会从那里掘出星星。"

附 录

　　本书为虚构作品，但许多人物与有些情节基于真实人物和历史事实创作。附录中的图片展示了与本书情节有关的人与物。

从莫桑比克出发时的恩昆昆哈内。

亚速尔群岛居留时期的恩瓦马蒂比亚内·齐沙沙。

阿尔瓦罗·安德烈亚。

林波波河河口的卡佩罗号战舰。

恩昆昆哈内与七位妻子坐在一起。

雅伊梅·莱奥特船长。

内维斯-费雷拉号。

正中间最高的是莫西尼奥·德·阿尔布开克。
左边戴眼镜的可以看出是艾雷斯·德·奥内拉斯。

商贾街，位于洛伦索·马贵斯中心区。摄于 19 世纪末。

桌旁的两把椅子上是莫西尼奥·德·阿尔布开克和夫人玛丽亚·若泽。
靠在莫西尼奥椅背上的是艾雷斯·德·奥内拉斯。

卡尔达斯·沙维尔。

非洲号从里斯本启航。

开普敦港口区，摄于 19 世纪末。

国王与两名妻子。左边是达邦狄。

比属刚果，奴隶们展示其他奴隶被砍下的手掌。

加扎王室众俘虏在里斯本登陆。

里斯本蒙桑托要塞，流放首站。

特塞拉岛上施洗者若昂要塞的房屋，位于英雄港城前，四名俘虏的住处。

众俘虏，流放亚速尔时期。